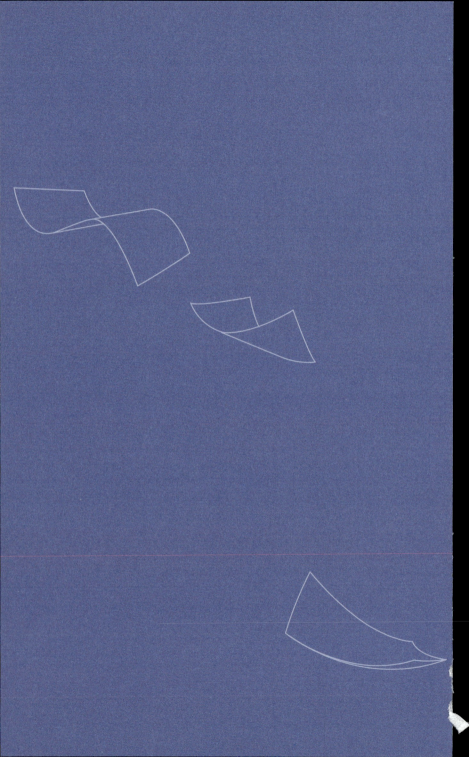

给青年诗人的信

一首诗的完成

杨牧 ———— 著

生活·讀書·新知三联书店

Simplified Chinese Copyright © 2022 by SDX Joint Publishing Company.
All Rights Reserved.
本作品中文简体版权由生活·读书·新知三联书店所有。
未经许可，不得翻印。

图书在版编目（CIP）数据

一首诗的完成/杨牧著.—北京：生活·读书·新知三联书店，2022.8
ISBN 978-7-108-07414-0

Ⅰ.①一… Ⅱ.①杨… Ⅲ.①散文集－中国－当代 Ⅳ.①I267

中国版本图书馆CIP数据核字（2022）第071848号

著作财产权人：© 洪范书店
本著作中文简体字版由洪范书店许可生活·读书·新知三联书店有限公司在中国大陆地区（不包括台湾、香港、澳门等地）发行、散布与贩售。

责任编辑	陈丽军
封面设计	崔欣晔
出版发行	生活·讀書·新知 三联书店
	（北京市东城区美术馆东街22号）
邮　　编	100010
印　　刷	上海雅昌艺术印刷有限公司
版　　次	2022年8月第1版
	2022年8月第1次印刷
开　　本	889毫米×1194毫米 1/32 印张 6.75
字　　数	113千字
定　　价	46.00元

目录

一 抱负 001

二 大自然 009

三 记忆 021

四 生存环境 031

五 壮游 043

六 历史意识 053

七 古典 065

八 现代文学 077

九 外国文学 087

十 社会参与 101

十一 闲适 113

十二 形式与内容 125

十三 音乐性 137

十四 论修改 151

十五 发表 167

十六 朋友 177

十七 声名 189

十八 诗与真实 197

又及 209

抱　负

　　南下的大客车在高速公路上疾驶，窗外豪雨狂飞，打在玻璃上，瞬息积成水流，从左上角泄向右下，在规则的扭动中创造偶现的形象、变幻的游龙。车子里旅客不多，可是也早已吞吐呼吸把所有玻璃窗都罩上一层雾。我擦拭座位旁的一面，想看风景，只见豪雨在玻璃上刻画形象，风景掩藏在烟雾、流水和游龙后面。

　　车子刚过泰山不久，感觉是在上坡，然而速度那么快，又不像是上坡。也许速度并不快，只是豪雨使我的判断产生错误吧。中午离家前收到你的信，匆匆看了一遍，知道你是一个对诗充满理想和抱负的青年。我又把你的信取出来，想多了解你一些——我必须多了解你，才能和你谈论那些问题，何况你的热情于仓促间已经教我觉得，好像你并不是一个陌生的年轻人，仿佛你就是多年以前的我；然则我对那个随岁月逝去的我是否能够记忆呢？我不免觉得今天的我和过去的我，也是需要以感情和思想来沟通的了。你说你出生在高雄乡间，现在是一个厝住于城市的高中生；离家就学的目的是为了毕业后可以考上一个比较好的大学。这种尴尬辛苦我没有经验过，我想象那是不太容易的。"然而我每天花了太多时间在思考诗的问题，"你又说，"我有文学的理想和抱负。"我也曾经在你这年纪体验了文学的理想和抱负如何袭向一颗敏感的心，所以这一点我就完全了解了。让我就这样大胆对你说吧，我是了解你的。

一个刚刚能够有系统地观察环境，刚刚知道思考之可贵的男孩，像你这样，一个敏感好奇的少年，竟于人间许多事务中选择了文学，对诗之作为生命的一种表现，产生信心，甚至规划出理想，以诗的创造为抱负——这是多么令人担忧的一件事！是的，我的第一个反应是我为你的抱负觉得不安。你可能不知道我为什么对你的乐观进取，竟提出这么一个悲观保守的解释；但我是想假设你就是昔日之我，这样便能让我回顾反省，而猛然间，我也忆起少年时代因为那相似的选择，确实遭遇到许多别人不必遭遇的困顿。然而，虽则困顿迭起，我曾通过那些；你将遭遇同样的一切，我这样想，你也将通过那一切。也许我更必须为你骄傲才是。

我记得以诗为抱负的少年是比较落寞些，比较孤独些。这是我们亲身的体验，也是人世间自有诗人这行业便难免的现象。根据兰姆（Charles Lamb）[1]的回忆，英国浪漫时代最敏锐的心灵，神秘深沉的诗人柯律治（Samuel Taylor Coleridge），中学时代就以早熟焦虑，以落寞孤独见称于同学之间。他懂得太多了，别人不注意观察的，不屑于思索的问题，正是他汲汲追求的课目；然而他也懂得太少了，在群体的生活里，往往是一颗失落的灵魂。少年诗人行走于熙攘的校园，似乎未曾参与那校园，因为他活在另外一个世界，他亟于规划建置的理想世界。可是规划一个理想，建置一个可以生息于斯的世界谈何容易？他是现实活动的局外人，却是幻想国度的主宰。他虚实往返于自我的内心，冲突着，日以继夜地交战着，这一切提升了他精神的层次，却磨损了他的健康。柯律治进了剑桥大学以后，同样无法接受一般英国绅士所追求的学院生活；他的知识比别的学生丰富，他的感触比别的学生深刻，可是他不适合接受任何

---

[1] 本书中出现的外国作家名、作品名、地名均保留台湾地区译法，不做改动。——编者注

僵化的制度。终其一生，他一个敏感博学的，却又绝对孤独的理想主义者，不能见容于凡夫俗子。他在文学史上占了重要一席位，可是他遭遇了太多的打击、太多的挫折。你怕不怕打击？怕不怕挫折？你能坚持一生维护你的理想，施展你的抱负吗？

我想你一定回答说：我能。

车窗外的雨在我不自觉中停了。司机的雨刷还在夸张地挥着，有人开窗透气，玻璃上的雾气退了大半。我看窗外，车子刚到三义山区，四处又蒙着淡漠的烟。雨后的山岭一片苍翠，即使是冬天，也透露了无穷的生命；我可以想象溪涧里泛满流水，不知如何迅速地赶着向田野里灌注。农夫乘雨后丰盈的水势，正在努力翻土；也许他们早在豪雨中就开始工作了，远看都穿戴着雨具。我还看得见飞鸟在田野里盘旋起落，竹林，相思树，木麻黄，砖砌的老房子。

假如你真觉得你可以坚持一生，能认真维护你的理想，勇于施展你的抱负，我就不必为你忧虑了。

我不但不必为你忧虑，我甚至应该为你高兴。诗是宇宙间最令人执着，最值得我们以全部的意志去投入、追求、创造的艺术。它看似无形虚幻，却又雷霆万钧；它脆弱而刚强，瞬息而永恒；它似乎是没有目的的，游离于社会价值以外，飘浮于人间征逐之外，但它尖锐如冷锋之剑，往往落实在耳闻目睹的悲欢当下，澄清佹伪的谎言，力斩末流的巧辩，了断一切愚昧枝节。诗以有限的篇幅作无穷的扩充，可以带领你选择真实。

这些你大概也想过了，因为你既然是昔日之我，我便能揣摩你的心思。我只以我这些年份的观察和考量，为你整理一个头绪，一个简单的正面的可以肯定的头绪。我很高兴你有一份文学的理想，而且我从你笔意清晰、层次分明的来信可以推断，你是一个冷静的少年，虽然你对诗的创造是带着奉献的狂热。唯有在冷静时刻下定的决心，才可能持久。你应当不是率性潦草的人，我看你的信便明白你大半的人格，是真挚的、热衷的，而且确实是勇于维护理想并努力施展抱负的人。我很高兴能够在我两鬓开始苍白的时候认识你。

我们以诗的创造为抱负，但抱负大小必须有理想的向导。人间喧嚷，众口滔滔，诗人能在这现实社会里引起什么样的作用？你这样质问我，正好碰到了我多年沉思疑惑的一艺术生命的环节，错综复杂，甚至因为我自己过分的关怀，它是生涩硬化的，我不知道怎么样来抚触它，松弛它，使它铿锵散开，趋向明朗。

诗人应该有所秉持。他秉持什么呢？他超越功利，睥睨权势以肯定人性的尊严，崇尚自由和民主；他关怀群众但不为群众口号所指引，认识私我情感之可贵而不为自己的爱憎带向滥情；他的秉持乃是一独立威严之心灵，其涅如赭，其寒如冰，那是深藏雪原下一团熊熊的烈火，不断以知识的权力，想象的光芒试探着疲惫的现实结构，向一切恐怖欺凌的伎俩挑战，指出草之所以枯，肉之所以腐，魍魉魑魅之所以必死，不能长久在光天化日下现形。他指出爱和同情是永恒的，在任何艰苦的年代；自由和民主是不可修正删改的，在任何艰苦的年代。这些只有一个不变的定义——诗人以他文字音声的创造，必须参与其中赋予它不变的、真正的定义。

诗人服膺美的向导，但美不只是山川大自然之美，也必须是人情之美。他创造美，不只创造艺术之美，更须创造人情之美。他和其他崇尚知识的人一样，相信真理可以长存，敦厚善良乃是人类赖以延续生命的唯一的凭借，而弱肉强食固然是野兽的行径，党同伐异，以不公正的方式驱使社会走向黑暗的道路，一定是淫邪丑陋的。诗人必须认识这些，并且设法揭发它，攻击它。他通过间接的甚至寓言的方式来面对人类社会和山川自然，他不躁进也不慵懒，不咒骂也不必呻吟，通过象征比喻，构架完整的音响和画幅。当他作品完成的时候，他获取艺术之美；而即使作品的内容是谴责控诉，他所展开的是人性之善；即使作品的技巧迂回于隐喻和炫耀的意象之中，他所鼓吹的是真。

你有理想和抱负，你要创造完美的文学，永恒之诗。这些我可以明白，但完美的文学永恒之诗必须有它哲学的基础，必须立足在对人性尊严的肯定。我并不要求你凡事紧张，以写作哲学论文或政治批评的方式写诗；你可以使用多种手法，通过各种技巧，或舒缓或慷慨，以抒情的或戏剧的声音表达你心神之体悟。你既然有为永恒之诗献身的理想，有创造完美的文学的抱负，你便不至于失落在世俗之中，你的作品便不会沦落为政治的、宗教的、财阀的工具。你的作品是你人格良知的升华，见证你所抉择的生命的意义。

雨停了以后，高速公路两边的农庄、山岭、河流和田野都焕发着生命。大客车疾驶南下，过了苗栗，在台中附近出了交流道，把我放在一山缘路边。我站在那里左右环顾，几乎不认识这就是我曾多年徜徉的大度山。我第一次来到这里的时候，只比你现在大两岁，行李中包扎着一叠诗稿，和一本相当鼓胀的剪贴簿。我从更遥远的乡村出发，一般的知识绝不如现在的你那么丰富——只有理想和抱负，是的，我那时所保有的理想和抱负必然和你今天相同。诗是必须追求的，虽然那时我真不知道如何去追求。

黄昏，我从校友会馆走出来，看到很多学生在赶路。他们不认识我。我的脚步比他们缓慢，因为我维持着昔日校园行走的速度。那时山上人少,生活情调闲适,脚步总是缓慢的。你和他们的年龄接近,更具有进取的心志;你会更快,在短时间里赶上他们,并且赶上我;而且我希望你很快就超越我。校园绿树葱茏,我漫无目的,行走于学院围墙之间。有时我驻足细看回廊和花架,或远远瞭望草坪上错落的林木。我记得曾经穿行于那些树木之间,书在手上,诗在书里。如今树木已经远远高过我的头,我的头上也有了星星白发,然而书还是在我手上,诗依然在我书里。

我今夜很怀旧地写这封信给你,带着喜悦和期待。我不知道是不是已经解答了你的一些问题,但却发觉我已经为自己解答了一些问题。你是昔日之我,我希望未来之你不仅止今日之我。

一九八四·三

大自然

今年春天曾写了一封信给你，谈理想和抱负，因为你有意选择文学为这一生的追求，想以诗的创作证明你精神和感情的力。转眼之间又过了半年有余，这期间我曾经收到你的长函，提到精神、感情、学问、自然等问题，无数令我不胜矍然感动的言语关切，最见你诚挚的用心和充沛的意志力。我更因为发现你在这追求的过程里，并不像一般青年诗人只着眼于修辞文法疑难，我因为发现你强于思索一些基本广阔的问题，而对你充满了钦慕和期待。一个人如何从这相当堕落的社会风气里拔起，如何从制式的教育规范和行为模子里奋勇提升，使不为污泥染，不为浮波排卷而去，应当是他之选择人文事业，尤其是选择以诗的创造为毕生追求，应当就是这选择是否正确可行的一种测验。也许在你现在这个年纪纵谈全面的拔起和提升还太早了些，但只要心向神往，努力摒弃流俗，只要一念超越，终究是难能可贵的。我读你的信，深信你不但具有理想和抱负，而且是一个充满潜力和见识的青年。这是我之所以亟于和你认同的原因。

春天匆匆逝去，而在夏的尖峰，就在酷热的八月间我也离开了台北，回到我多年教书的学校，北美洲纬度高寒的世界里，大洋之滨，雪山之下。现在即使那漫长的夏天——尤其是我思维里的台湾，那夏天岂不是悠悠如艳阳高张的苍天吗？你的夏天——也结束了。入秋以来，我无时不在想着应该赶快写封信给你，因为我心中是如同焚烧的火把一样，满城的阔叶树举起深秋的讯息；我兀自记挂着你的信和信里教人深思的问题，可是阵雨之后校园到处，和我家院子里，都铺上一层斑斓的落叶。日子这样蹉跎过去，我竟迟迟不能提笔。远吗？其实何远之有？但我的精神气力一直集中在写作一本新书，每天面对那些草稿，时间大都这样耗去了。直到今天，当我从这陌生的小镇客舍里独自醒来，对着窗外巨大的秋树，觉悟到光阴的流逝，终于下了决心坐定桌前，为你写一封长长的信。

我想和你谈自然。

我们有时确实太忽略了自然的存在,甚至遗忘了它。我重读你的来信,发现你曾提到自然,原来你是高度自觉地理会着的。季节的递嬗本来也是自然的动力,于变化中维持一种永恒,而即使这些,有时竟被我们漠然看待,或者因为那正足以证明我们是少了一份好奇。若不是想到我曾积压你的来信,从四月到十一月这样一段长时间,或许我还不曾和你提到盛夏,想到台北的蝉噪掀天,提到深秋,看到西雅图枫叶飘零。也许就在书籍和文稿群中,在人情的悲欢意识里,很愚妄地让季节无声流逝,不能体会任何启示。这是很可怕的,若是我们无法在那变化中感受到一点动静,不能在那动静中掌握瞬息和永恒的意义,我们可是多么迟钝,多么潦倒!你在眼前这簇锦开花的年龄,正是最敏感最富于想象的时候。我相信你晨昏必定有许多发现。夜色如何在朝阳下淡去,露水在草尖上坚持、坠落;鸣禽的低呼又逐渐为街巷外的车马喧哗所取代。正午,时光向申牌贴近,影子在大地上拉长;急雨来去。然后日之夕矣,归鸟掠过电视机的天线林。黑暗终于如约地统治了这世界。这样周而复始,好像时间竟具有一种重复定型的姿态,然而我们还会悚然惊起,是的,因为时间的脚步其实并不完全一样。随着季节的递嬗,每天都有些差异;甚至去年的这一天,也不见得和今年完全一样,因为我们成长了,我们观察这节令的眼光和心思在转换,那简单的日子也产生一定程度的变化,虽然我们总是说天行健,说宇宙的运行是永恒。我们的情绪经验何尝没有影响了我们对外界的观察?

昨天我从西雅图搭飞机来到这小镇。这是一次相当可贵的经验,因为那飞机小而我们飞越的又是北美洲最壮丽的山脉之一。起初当我一眼看到停机坪上那小飞机,确实有点吃惊,因为它大约十八个座位,只有台汽公司的中兴号巴士一半长,而宽度犹不到那巴士的一半。可是等到那小飞机带我冲刺、提起并逐渐升高的时候,我忽然变得很高兴了,原来那不安的感觉就随着它的翱翔而消逝。我们很快远离太平洋涯岸,前方正是绵亘漫长,一字排开的瀑泉山脉(Cascades),起伏陡削的山头个个覆着发光的白雪,蓝天无尽是它的背景,仿佛奏着高扬的管乐,等我们的小飞机去接近,并且越过。从西雅图飞来这个小镇,一定要超越这壮丽的山脉。这飞行全程只有一小时,但我们正离开北美洲雨雾最多、森林最茂密的海岸,一旦过了瀑泉,就将进入完全干燥的,甚至带着沙漠性气候的内陆区域。我看到那一片雪山,想到海明威(Ernest Hemingway)曾经在非洲坐小飞机摔下没死,继续他的狩猎之旅,而徐志摩飞临山东半岛风雨的嶂峦,摔下并且死了,遂觉得很宁静舒适,决心羼合这兴奋和不安的感觉去接近大自然。

飞机终于到达山脉的上空,微弱的阳光照在白雪皑皑的峰顶上。瀑泉的主峰大半常年结冰,从空中可以看见那层叠的寒意,闪烁坚定如太古。矮一些的岗峦上洒着细粉般的新雪;仔细再看,有针叶林的地方淡些,原来光秃的坡地反而像涂抹了一片浓厚的奶油,柔软的,仿佛流动,又好像是洁白的床单,微微滚出一些皱纹,巧妙贴着大地的弹簧。飞机低低翱翔而过,我看唯有朝西的山麓是多雪的,因为冷锋一向来自白令海峡,飘过这附近的群岛和水澳,在海岸都市里徒增一暮阴寒,朝夕的风雨,并不一定可以催下雪花。然而那冷锋逼近内陆,瀑泉山脉正挡在那里,一字排开,手携手肩并肩,仰起数百骄傲的山头,顶住来自海洋的寒气,遂击落一场又一场白雪。我出发前听气象广播,知道这一个星期以来,山上每天落雪,而唯一穿越瀑泉群峰向东南伸入的公路在升到狭隘的借山关(Jackson Pass)时,则经常为积雪而封闭,所以我必须搭乘小飞机深入这个内陆地带,只有这样,才能来到这小镇。

瀑泉的东麓很平静,没有雪,也没有针叶森林,呈现一份枯黄点缀淡绿的色调,山坡很缓和地滑落到平原上,干燥的一望无际的广漠。这时,一条勇健的大河蜿蜒流过，那正是最惹人幻想的哥伦比亚河（Columbia River）。这河从更远的洛矶山奔来，在奥勒冈北境入海，是鲑鱼命运的巨川，印第安人古老的、繁衍拓殖的生命之水。

看到哥伦比亚河，我知道我们已经越过山脉，原来那兴奋和不安的感觉就消逝了。真的，那真是一种羼合了兴奋仰慕和恐惧不安的心情。你或许要问：大自然会使我们同时尊崇却又害怕吗？我想是会的。

你生长在台湾南部的乡间，感觉上心血含着一份土味，情绪如艳阳遍照的村野，精神时常和脚踏车小路尽头的山峦一样高。我想象你也曾经徜徉在水稻和甘蔗的田园，看飞鸟和白云舒卷聚散；并且向海边走去，将无穷的意念交付海水，勾画烟波水色外的世界。你是亲近过大自然的，而纵使你眼前独居在台北的巷子里，那还保有一个不可迷失的世界，精致的小型的世界。那世界现在依然是你的秘密，但有一天当你的诗发育茁长，并且突兀成型的时候，那秘密的世界将全面展开，通过你的心血思考以及汹涌的想象力，自你笔下展现开放，和世人共享。你提到大自然的力，这一点力应当也是我们的。

我们崇尚大自然的坚定和美，那接近永恒的能量。纵使大自然所启迪于我们的，必须因为我们年岁的变化有所变化，这是自其变者而观之，带着生命的悲剧感，则正如东坡泛舟江上所说的，"天地曾不能以一瞬"。我们纵使不强调自其不变者而观之，物与我都可以无尽，但纵使我有长逝的一日，天地或许永恒地存在着，存在于来者的心血思考和精神想象里，或许就是那样坚定的。我们膜拜大自然，岂不是因为它那坚定的实质存在吗？而当我们全面理解了大自然的力，孳孳勤勉以生命的全部去模仿它，借我们的艺术之完成，企及那坚定的实质，说不定就可以同意东坡所说的，"我"竟然也是无尽的，长存于艺术的整体完成之中。所以大自然是我们的导师，杂然流形是它落实的示范，山的峻拔，海的浩瀚，江河的澎湃，溪涧的幽清；或是飞云在远天飘动，时而悠闲，时而激荡，或是草木在我们身边长大，告诉我们荣枯生死的循环也还有一层不灭的延续的道理。

  大自然教诲我们的竟有至于如此贴切如此准确的。大自然使我们相信宇宙时空处处是神，而我们的性灵，当它最活泼的时候，还能够直通那些无所不在的神，并因为密集有效的接触，互为提升。我们承认阴阳造物的威势，时常戒备在心，不敢造次。当然，这其中虽然带有种宗教性的觉悟，我们并不属于任何制度化了的（institutionalized）教义所掌握，反而飘逸自由，无往不利，能在刹那的发现中肯定永恒的观照，在细微的悸动里认识无尽的悲悯和喜悦。则我们之有神也仿佛无神，无神又必定是有神的——我们大约就是那种服膺泛神思想的，最敏捷最深刻的人世的诠释者，我们是诗人。是的，诗人在大自然的肃穆和静谧中创造超自然的信仰。

大凡是信仰，就带着一些恐惧不安。我们面对大自然而产生恐惧，无非因为自惭愚骏、委琐、渺小。我们并不害怕大自然的摧毁，因为我们是它善信的门徒，活在它的恩典里，势也乐意死在它的慈蔼里。我们有时面对大自然会感到恐惧，或许正因为我们太信赖着它的爱，像孩童耽溺着父母亲的保护和扶持，并因为自觉那爱存在，而忧心忡忡，深怕有一天将失去那爱，因为我们犯了它所不能原宥的过失而失去那爱。华滋华斯（William Wordsworth）小时候升树捕捉危巢里的幼鸟，忽然在高处浩荡的风声里，产生强烈的恐惧和不安，好像天地自然在冷冷地责备着他，遂迅速滑落树下，不敢停留。又有一次他夜中独自走向大湖，偷偷解开人家系在野渡上的扁舟，并挥动双桨向波心划去，可是当他听到那哗然跌宕于大宁静中的水声，从他舷边空旷排开，回振在阴暗的湖面时，他不禁感到对着船头的，就在他身后逐渐向他靠近的山峦，竟带着监视的严峻，没有斥骂的声音，却带着冷肃的眼光那样不动感情地看他，使他惶然折回，赶快将扁舟系回水岸，离开他深爱的大自然的怀抱，也因为恐惧和不安。

东坡在发现"自其不变者而观之，则物与我皆无尽也"以后又三个月，复游于赤壁之下。这时，秋去冬来，景色自当不同："曾日月之几何，而江山不可复识矣！"他这次独自舍舟登岸，经过悬崖和丛生的草木，徜徉于怪石嶙峋之间，援古树而升登，遂仰望夜鸟的危巢，俯视水神住止的深渊。他心中感慨，或者想起六朝人物的任诞自由，深觉个人牵扯太多，便划然长啸，声震江山两岸的草木，激荡了天地风云，山谷也对他传出巨大的回响。就在这一刻，他忽然感到"悄然而悲，肃然而恐"。这份对大自然的羡慕和恐惧先华滋华斯八百余年而发，是同样敏感智慧的诗人，在不同的年纪不同的经历，两个人都曾单独拥有一份诠释大自然的野心，寻找启示和慰藉，而就因为那不自禁产生的逾越，同样的，于刹那间划破了大自然的安祥和宁静，乃引发一种带着悲剧自觉的恐惧。是的，大自然所提供给我们的是千万亿兆不可计数的启示和慰藉，增进我们的爱和智慧，但偶发忽然之间，又教我们体验不可名状的恐惧，这恐惧其实啊，也大大增进了我们的爱和智慧。

我昨天来到这小镇，有朋友一家人在机场接我。夜间，我在学院里做了一次演讲，并于酒会中认识了几位很有意思的教授。有人谈起诗人应当如何支配时间从事写作，尤其在这个人人都必须保有一份普通职业以糊口养家的时代。一位女士对我说，她的丈夫是心脏外科医生，却热衷于诗的创作，时常为写诗和行医的时间难以支配感到烦恼——而且他还多年持续地翻译着但丁（Dante）。晚上我住在这学院的招待所，一座古老的客舍里。灯火中闲看墙上的油画和一架旧书，恍惚回到新英格兰的秋夜，多年以前的新英格兰，古老陈旧的房屋，矜持的空气里飘着岁暮的寒意，当夜色拢起宇宙的寂寥，我熄灯咀嚼一种陌生孤单的情绪，轻巧精致的心思，然后就在伟大的宁静里，仿佛沉落睡眠，又在有意无意之间，听凭赤壁江山缓缓推过我的眼睑，但丁的弗洛冷斯，华滋华斯的湖水区域，交错进出，忽然间整个人仿佛被梦的精灵合力拥升，在高空飞行，大河在地面汹涌，瀑泉山脉一字排开，先是枯黄淡绿的色调，接着是冰雪的峰峦向远方延长，最后是无尽的针叶林，缓缓落向山坡，直到海岸线上紧急刹住。

现在外面下着点滴秋雨。我把百叶窗全部拉开，看客舍四周的巨树脱落残叶，不停地斑驳地飘着，随冷雨落到草坪、小路和阶梯上。我发现屋里一分钟比一分钟明亮，晨光照在这一叠信纸上，也许是因为残叶飘摇飞落的姿态，制造些熠耀的光芒，充斥晨风，在雨中增加一份介乎虚实的光明。也许更不尽然，而只是因为叶子持续迅速地落,在时间平静的推移中,从我提笔写道"今年春天曾……"到现在这一刻,客舍四周的巨树圆融无声地脱着树叶,阴影逐渐淡去,晨光就这样穿过几乎秃尽的枝丫,逼近窗户,明亮地照在这些为赞颂它而为你写下的文字上。

一九八四·十一

记　忆

你的信使我喜悦，初读是一种纯粹的喜悦，通过思索和感官，然后因为我忙于一件校勘工作的收束，不得不把它放在一边，又埋首于故纸堆里，遂暂忘了它——虽说是忘了，却持续地于严肃的工作和疲乏里，感觉那纯粹的喜悦飘摇不去，萦绕来回如雪莱（Percy Bysshe Shelley）的音乐：

> 音乐，当柔和的声籁消灭，
> 在记忆中飘摇颤动着；
> 花香，当美丽的紫罗兰凋萎，
> 活在她们拨活了的感官里。

> Music, when soft voices die,
>
> Vibrates in the memory;
>
> Odours, when sweet violets sicken,
>
> Live within the sense they quicken.

等到我重拾你的信再从头看起,不禁为你在这个时候就能有如此庞大的诗之认同,为你清洁朗畅的文字,感到坚强——是的,是精神和情绪坚强,对文学、艺术,对大自然,对记忆的力量充满了信心。

"我现在二十一岁,念哲学系,可是念得很糟糕。"你说,"家住在草屯镇附近的一个美丽的河谷上,河谷上的稻田刚插秧,甘蔗正要收成。"我注意到你的信原来是八月间写的。你又说:"小时候我们常带着削铅笔的小刀,到泉水旁边割回大束的野姜花。"那时,当你的信写到这里的时候,或许你正听到火车汽笛在呼唤,提醒你家在草屯附近一个美丽的河谷上,你匆匆把信结束了,但却又在大信封里塞进一束新诗。

记忆是充满力量的,充满了使诗发生、形成、扩大、感动,并且变成普遍甚至永久的力量。

希腊神话里有一个记忆的女神 Mnemosyne,中文发音应该是内摩色奈。她是该亚(大地)和乌瓦那士(星空)的女儿,而且她也就是缪思的母亲。你一定知道缪思正是诗歌和遣怀忘忧之神。希腊人相信记忆是诗的母亲。记忆的女神内摩色奈和宙士恋爱时，九日九夜缠绵于床榻之上，一年后她生下九个女儿，性格完全相同，以诗歌为唯一的兴趣，永远不懈地在海里肯水源附近舞蹈歌唱。据古希腊诗人海希奥德（Aesiod）说，有一天他在那水源附近放牧，九缪思对他说话，告诉他如何以诗的语言宣扬真理，并且教他如何用诗去骗人。诗人得到她们相赠的一枝橄榄叶，遂决心细述神祇的传说。希腊人相信诗可以来阐说真理，也可以欺骗天下于无形。

我们这里暂时不讨论诗的功用，因为从前谈过而且以后一定还有机会再说。我想和你一起看看记忆内摩色奈的力量，在诗的发生成长里扮演了多么重要的角色。所谓记忆，是我们对往事的回想、把握和诠释，这是内摩色奈的第一层意义。在希腊神话的一个旁支里，根据海希奥德的解说，缪思不是九个，却只有三个，一叫梅丽特（练习），一叫阿娥依德（歌唱），一叫内美（记忆）。这意思显然是说，诗的出现有待我们勤奋地锻炼琢磨，不断地创造歌唱，而且更以机智和记诵的能力为基础。所谓记忆，遂有了这二层意义，特指一个诗人心血集中地观察外界，学习并且牢记一切过眼的事物，使它不至于消逝瓦解，能为他精确地驭用，反复练习，以达到创作咏诵的目的。这第二层意义在诗歌口语创作的时代，也就是吟游诗人的时代，当然很重要；但我们今天创作的方式变了，依靠强记背诵的情形早已减少到最低程度。我们对这神话故事中所谓记忆的理解，仍然专指我们对往事的回想、把握和诠释——诗的动力之一存在于其中。

你和我认识的一些比较年轻的诗人一样，少年时代生长乡野，却在最能思考感慨的年纪进入都市，唯一的理由总说是求学，又好像于知与不知之间是为了体认那经验，好像为培养文学的感情，并于孤寂里，探索自己的生命力。我不能说不了解这其中的喜悦和浅愁，并且我承认那喜悦和浅愁都是真的，至少当你现在有它的时候，那些确实是真的。无穷难以宣说的喜悦因为单独的体验而贴近你的灵魂，而你正在发现，在解析，在设法去道出；还有那漫漫无所不在的浅愁，不管你坐下读书，或默默对着一支笔沉思，或者站起来走出门外，穿逡于灯光和车马声中，它也是冲淡地有力地牵着你，甚至不需要等到孤独的时刻，甚至在人群当中，你会感受到它。这些，据说是因为你想得太多——和我一样，在那种日子里，奋勇地想着，摸索着，希望能把握到一点什么。也许有一天，当岁月逐渐使你离开现在这个年轻的世界，你会和所有敏感有心的人一样，笑谈昔日不甚认识的愁，或者欲说还休"天凉好个秋"；但这也没有妨碍，那未来的新发现并不能不否定你的眼前，而这一切必然也都是真的，正如你现在所能把握到的记忆，那些过去了的声色，必然都是真的：

> 小时候我们常带着削铅笔的小刀
> 到泉水旁边割回大束的野姜花

请允许我将你一句话这样重新排列，组成两行充满nostalgia的诗句，很清洁很明朗的叙说，简单的意象，实在的情节，不带任何渲染，却有诗存于其中。那是记忆的动力，当它准确地发生的时候，从容不迫，仿佛不须任何雕凿，诗就来了。

  我很怜悯那些没有童年记忆的人——也许他们并不是没有童年，当然不可能没有，只是他们竟忍心让那些记忆溜失，消逝在岁月的背后，毫不珍惜。我自己是不会轻易淡忘过去的日子的，尤其是那些穿越旷野和逡巡山林中的，徜徉阡陌间的，匍匐涧水上的，或是怯怯行过黑暗的街巷和冰凉的围墙下的那些日子。时常当我单独的时候，即使到现在这样的年纪，我会将眼睛视线前的现实勾消，推到注意力的另一边，瞪着架子上的书或窗外毵毵的枯树枝，在这冬天的午后，主动让过去的风景和感觉一幕一幕涌现，具体庞然的形象进入我的关怀，听凭我来摆布：我可以要它快速通过，也可以要它停止，让我来主动扩充渲染,并且捕捉其中透露的感情意识,遂加以咀嚼反刍,体验一份近乎梦幻,甜的又似乎带着酸与苦的味道。而且,不知道你有没有发现,一切特定的形象都可以频频出现,但每次一个形象出现的时候,它所揭发的并不完全和上一次相同,甚至可以是极端不同的。那些是我的记忆,记忆的启示操之在我。

你应当能够与我分享这种操纵记忆的苦乐。在你附寄来的一束诗里,我发现你曾经这样为"生存"下定义:

当我思索何种姿势最适生存
一只白鸟
一只白鸟来自遥远的青天而停落我掌中
以阳光之翅展示
美丽

白鸟是一种象征——这倒不完全因为夏虹的诗宣示过"白鸟是初",也不必因为希腊神话里的缪思时常以鸣禽的形状出现。我读你的诗,能够想象,并且愿意诠释地说:"何种姿势最适生存"乃是我们在成长过程里不免遭遇的困惑,时常必须采取的抉择。在这一刹那之间,我们可能摇摆犹豫,无所适从。相信宗教的人可以到神的恩典和慈光中寻求指点;相信政治理念和权力结构的人可以在他们积极的参与里获取信心；相信财富万能的人可以在那追逐中得到精神和物质的满足；相信学术权威的人可以将心志投入，并借那奉献之笃定发现承前启后的恒毅具有淡泊的快乐；相信弃世辟谷以学仙的人，可以饮酒千杯"皮骨如金石"，或索性沉溺于浑噩之中，飘逸出尘网之外，则他们都可以找到最适于生存的姿势。

在这困顿思索的时刻，你说是一只白鸟，是一只"来自遥远的青天"的白鸟为你解开了生存之谜，启迪了一条道路，以阳光之翅展示美丽。所以我相信白鸟是一种象征，即使它不一定是"初"，却是一种长远存在于你的精神和感情中最有力的象征，招之即来，来则为你展示美丽的灵视奇迹。你的精神和感情世界何尝不就是你所有记忆巍巍建立起来的世界？那世界附会着眼前的慷慨和未来的理想：那里有一只白鸟永远存在，翱翔于记忆遥远的青天，平时它并不造访你，更不干扰你，唯有在你为生存的姿势思索困惑的时候，它向你飞来，并停落在你最能把握的手掌中心，耀眼的光彩，辉煌的颜色，以它特定的象征对你展示生存之所以美丽。那象征，不瞒你说，还是我完全理解的，因为我理解叶慈（W.B. Yeats）《拜占庭》（"Byzantium"）诗里那黄金打造的神禽，是如此出奇地停站在星光照耀的金枝上，有它啼唱的本能，在月色里呼唤艺术雕琢镂切之工，另外一种不朽的美丽。

因为我理解叶慈那金枝上的神禽，我就可以和你一样掌握那来自遥远青天的白鸟，理解它阳光之翅的美丽，而我也希望你会觉得因为你充满启迪的白鸟，那来自童年记忆的信仰，是如此真实有力，使你也能懂得叶慈在完全老去的岁月里所膜拜的神禽，那是鬼斧神工千锤百炼的技巧之升华。如果你今天不能欣赏那老诗人晚年臻及的craftsmanship，有一天你终于也是会的。我读你的五行短诗，深信那白鸟是少年记忆之最初，是童年谲华富丽的幻觉，是你的憧憬和仰望，是理想，一种灿烂生动的美，通过记忆的赐予，不断回归到你的掌心，提示你生存的姿势和目标。你必须珍惜它，不要让它逝去，直到耄耋的岁月都认识它，召唤着叫它前来就你，来就你开放明朗的诗心。

这正是说，记忆是如此有力，那童年的惊奇和少年的编织，因为免于世俗的污染，当它不断向我们涌现拍打的时候，即使我们已经多少因为遭受过人世间爱恨的拥挤而变形，它又像洗涤的泉水，使我们纯洁、坚实、喜悦、刚强——像诗人那样纯洁坚实喜悦而刚强。

现在不只我了，我相信你也同意，我们必须为那些不懂珍惜童年记忆的人惋叹。天真是那无所不能的造物之赏赐，只有在浑沌似开未开的时候才有，那是和宙士一样无比强壮无比浪漫的光彩，或者就和宙士的雷霆一样，如此肯定地闪过我们有限的原始生命，赋予我们倾听、观察、尝试、触摸、感受，甚至不自量力地想要创造的野心，而那创造的野心又仿佛是没有目的的，只为一善良的信仰，只为了美的追求，只为证明真实的表达才能肯定生命的尊严——只为了这些不是目的的目的，因为当天真丧失的时候，这些再也不是人们钻营的目的了！可是我们焉能不害怕，是的，焉能不害怕天真终将有丧失的一日？天真是绝无例外地，必须从人的生命里告退的，在时间的压迫下，告退并且逝去，消灭。是的，是告退逝去并且消灭，除非你能主动积极地以记忆的网去接它，保存在大地和星空之间，并且让它秉其宙士的爱与力和记忆内摩色奈女神狂恋交配，生殖九胎的缪思，促成诗的发生、形成、扩大、感动，并且变成普遍永久的力量。

一首短短五行的小诗教我看到宙士和内摩色奈的结合，伟大超越的天神和记忆因爱的鼓荡，交缠在彼此的巨灵和肉身里，产生了诗的动力。当缪思歌唱的时候，天地万物站立倾听，星星不敢眨眼，大海停止喧哗，河流静止；甚至连她们生息遨游于下的海里肯山都受感动，不自禁就膨胀起来了，并且快速地升高，峰头接近了天庭，直到海神警觉地驱遣那插翼的天马如闪电奔去，以有力的四蹄将它踏平，恢复原来的形状，却在山麓下踏出一切诗歌的源头 hippoukrene，那神秘的天马之泉。

记忆里就这样充满了洁净潺潺的水泉，那是诗的开端，诗的沁凉，诗的透明淋漓，点滴汇为长流巨川。"小时候我们常带着削铅笔的小刀，到泉水旁边割回大束的野姜花。"你的信里这样说，单纯美丽而悠远。

你一封信和一束新诗使我想起这么多，看来我虽然不能和你一样好奇敏锐，至少和你一样执着。什么力量可以使我们穿过时间的风雨，人间的嗤笑和横逆，穿过命运摆出来的阴暗和未知，尚且如此执着，始终珍惜着我们获取的这一切？我们单纯美丽而悠远的记忆在四方涌动，如人情静好，在不自觉的时刻里像钟鼓一样齐鸣，包围着我们，像田里的稻穗，土里的秧苗，阴阳炉中的炭火，水中之鱼，空中之鸟。当有人依恃宗教、政治、财富、学术、仙乡为目标，在驰骛追求他们的大喜至乐时，当有人甚至选择停止于浑噩沉醉之中，我们认识纯粹的记忆是随时提示着诗，因为它来自完美的过去，遂坚决地为现在撑起一把希望的巨伞，挡开一些风雨、嗤笑、横逆，让我们贯通未知的命运以展望未来。

你的信就这样使我感到喜悦、坚强。

一九八四·十二

生存环境

我想到诗人和他的创造环境。

莫扎特(Wolfgang Amadeus Mozart)在维也纳成名以后,精神一直澎沛昂扬,充满了创作的力量,可是在现实那一面,他不但穷困潦倒,而且大半时间浸淫在葡萄酒里。他的父亲写信给他:"回到萨尔茨堡来吧,在家乡你照样可以埋首创作,而且我会照顾你,安排你的生活。"那里莫扎特正在专心写他的《费加洛婚礼》,想以这新作向全欧洲所有宫廷里外的音乐家挑战。他觉得他必须留在维也纳,虽然萨尔茨堡的林野牧歌那么安宁和平,似乎是最适宜音乐家工作的环境——何况那还是他的家乡。然而,他选择的是维也纳,天才的角逐场，并且疯狂地投入他的一切，直到那一天死在自己的《镇魂曲》里才止。现在我们可以这样想：如果莫札特三十岁以后就回到萨尔茨堡去，徜徉田畴流水之间，持续而从容地创作，谁说他不能活到七十岁，并且将维也纳最后那几年拼命赶写的音乐，在那多出来的三十五年里一一完成？然而我们也不免怀疑，这样把本来五年就写出来的音乐、生命的讯息和宇宙的诠释，把那些伟大的音乐拉长到四十年的光阴里慢慢处理，那艺术的张力，岂不是冲淡了？也许莫札特就应该这样大起大落完成他神奇的一生，否则他的音乐怎么到今天都还这样震撼着我们，感动着我们？

这些很难有什么答案，因为我们既然只能假定猜测，便无从解开历史之谜。想到莫札特的生死，我们至少可以这样思考：诗人应该如何选择并且利用他的生存环境呢？或者说，诗人应该如何面对他所不得不接受的现实，索性介入那空间，设法以积极的态度去参与、欣赏、喜悦，化眼前拥有的可否是非为至广至大，将一切细致和粗糙分解为可取的生之因素，并且从那现实里抽取正面可爱的成分，勇敢地利用早知不能改变的环境，沉潜而冷静地超越它——也许不是超越，更须掌握它操纵它——所以突兀升高，仿佛他的作品还是靠那环境孕育的，或甚至是那环境赋予的。我们时常听人说地灵所以人杰；可是当我想到诗人和他的创作环境时，我想的是地无所谓灵不灵，而只有人的俊秀杰瑞，只有人的奋斗鹰扬，人心的无限扩充和飞跃，才有可能将那衬托着他生活起居的环境，那孕育他思索创作的地方，点出光明。陆机说"石韫玉而山辉，水怀珠而川媚"，还不能表达这一层意思；只有刘禹锡"惟吾德馨"可以说明。

最近半年不断读到你的诗和散文，使我每次想起你的时候，就想到环境对一个诗人的客观和主观意义。我很为你庆幸，因为你显然能够主动去掌握环境对你提供的一切，操纵它，诠释它，理解它，进而去喜爱它。

我本来以为一个诗人若是缺少徜徉田野穿逡山林的记忆，若是没有一份和大自然交接沟通的经验，应当是极端可惜甚至不幸的。这个成见我曾经公开表达过，确实只是我个人的一种成见——虽然我也很惊讶并没有人反驳我的话。和你认识以后，时常想到你特殊文雅的气质、美好的教养和诚挚的风度，我觉得你无疑是今天最令人欣羡的青年诗人之一，而我半年来读你的作品，完全了解你正缺少徜徉田野穿逡山林的记忆，没有多少和大自然交接沟通的经验。奈何这欠缺并不见得使你的精神和想象处于劣势；你的诗和散文在都市里孕育产生，自有一种活泼的呼吸，血气鲜明，生命旺盛，自有一种动态。我因为认识你，才感觉必须重新检查我的成见；

也许我必须调整角度来观察这些问题。在莫扎特的时代，维也纳和萨尔茨堡之间驿马车一天可达，然而二者却呈现了文化情调的差别。其实谁又能够断定，尤其对莫扎特而言，萨尔茨堡也许并不比维也纳更富于音乐，或者更"安全"。

你生在台北，长在台北，到现在为止除了上成功岭受过短期军训以外，大概都住在台北，是不是？我看到你一系列的"都市笔记"，不禁恍然大悟，就是对一个青年而言，都市本来也是诗，是音乐、美术，也是哲学。

因为想到环境，我从你的作品里揣摩你生长、求学和创作文学的背景。我必须告诉你，我觉得你到现在为止都是幸运地掌握着你的环境；面对一个庞大复杂的都市，你竟能从各个角度去欣赏它，了解它。你能在台北这样的地方找到文学的质素，是非可否都算是你心血灌溉的成果。这是你平生第一样最巨大的考验，如何去接受你所拥有的现实，参与介入，将耳目所及的一切透过思维化为文学材料——你能这样接受台北，则将来无论去到任何地方，都不难坦然接受别的一切，也能以文学的感情和理性照明那些陌生的小世界，翻出艺术的真和美。我这样对你充满了信心，因为在记忆里，我还不曾看到过一个像你这么年轻的诗人，能全心全意投入都市，把握都市的脉搏，随着都市的呼吸而呼吸，毫不做作,毫不腼腆地和它认同。是的,最令我惊讶的是你能在这个年纪就保有这份全部的认同,因为在我常识里,几乎所有的诗人都是通过时间和阅历,通过勉强的哲学化的过程,才甘心妥协去拥抱都市的,因为都市的文明包含了无穷矛盾,不是一目可以了然。接受大自然,爱恋林野山川是多么"自然"的一件事,尤其对年轻的诗人说来;然而接受都市的形色声音,接受它的光彩和阴暗,欢呼和呻吟,慈善和残酷,开朗和虚伪,真是谈何容易。我现在总算知道如何去喜欢台北,但我真没想到你比我还更喜欢它——何况我虽然喜欢台北,还时常有逃避它的欲望,走开了以后去痴心地想它,而你多么从容,多么天真地爱着它。

我读你的诗,就深为其中的urbanity感动。

在你最近寄来的四首诗里,我都看到这可贵的urbanity,很开化很文明的性情,处理着现代社会的常态和异数,正视环境所提供的任何是非,带着知识的勇气。这四首诗当中,一首写梅尼独断疯狂的回教革命;一首以鹰的形象为重点,讽刺美国的野心、骄横、无知;另外一首通过寓言的方式宣称"宝瓶座时代"的开展,要求精神秉持着爱"跨越进化的阶梯",开合相当广大,且有动人的启示性;最后一首《一或零》则无限尖锐,以电脑机器的构图说明现代人的命运,战争死

亡的尸首和全国的失业人口都可以"压缩在扁平的磁碟中",变得中性,冷漠:

> 以绝对抽象的符号和程式
>
> 我们经常无个性地出现在
> 任何统计数据中
> 成为一或零

从你那"宝瓶时代的开展"所提到的爱,我揣摩这诗是一种抗议。在这个数字至上的时代,一个人只是"一"已经很卑微了,更经常成为"零"。我记得杨泽在一首诗里说他是一个缩影800亿倍的"小写的瘦瘦的i",然而他终于还高声宣布"我是生命,我是爱",是不灭的灵魂,总之还是存在的,甚至当他变成一片焚尸炉中熊熊升起的烟的时候,还在独语,是存在的"一",无论如何卑微。多年前我想那"小写的瘦瘦的i",不禁恐惧,对人世间的冷淡寂寞产生感慨和怜悯。现在我看你写战乱里的死者和平时的失业人口也被压缩在磁碟中,进入符号和程式,成为一——或零,更是震惊。在诗的追求和发现里,你无疑保有一种特殊的敏锐,探得人性无力的一面。我想,唯有常常将身心介入群众,在人头攒动、脚步杂沓的环境里观察人面表情的变化，语言的浮沉、快乐和悲哀的交替，唯有在复杂矛盾的都市里，尤其像台北这样一个教人又爱又恨的都市里成长生活，并且勇于面对那无常的现实，才会让你想到不只我是一个"小写的瘦瘦的i"，而且战时的死者和平时的失业群众都已经进入电脑的磁碟，而"我们"变成零。

台北是一个令人又爱又恨的都市，但你并没有声嘶力竭去赞颂它或诅咒它，却从容地面对它，接受它，而且将它所给出的可否是非提炼为诗和哲学的思索，这是令人羡慕的。以这样的心情对待你的环境，何尝还需任何疑虑？萨尔茨堡和维也纳恰若眨眼的刹那，驿马车一天可达。其实假定我们能够持续地这样探究下去，"冥茫触心兵"，维也纳就是萨尔茨堡，萨尔茨堡就是维也纳。在最开放豁达的认知里，二而一，一而二，则诗人对环境动静已无须选择了，因为环境终于是诗人创造的。

我住在台北的时候，喜爱它不断展现的文化气象——即使那气象有时是狭小甚至卑琐的，我还是乐于证实人群共同的努力，可于无中创造有，以艺术、音乐、文学的形式断定这么多人聚居在一起，并不只是为了追求商业的利润，或更可耻地，只为培养彼此的怨怼不满而已。这么多人聚居在一起，为了在一个合理的制度下提倡关心和爱，对别人体谅，对周遭的一切有意见，甚至是为了证实我们是有理性的政治动物，爱智，尚美。我其实也和你一样随时寻觅着都市之美，设法将都市当作一个值得生存体验的家，当作可以从事创作的环境。我何尝不为通衢大道高楼俯视下的生命感到喜悦心动？我又何尝不和你一样对人语和车声辐辏的焦点感到好奇？但我到底还不如你那么从容，那么自然——你接受台北，因为那是你与生俱来的环境，虽然你批评它，你却是不带任何气愤的啊。这是我必须承认我无论如何都办不到的。我偶然会为它所表露的琐碎和丑恶感到愤怒，甚至不屑，所以我住在台北的时候，每隔一段时间，就必须搭车出城，换一个环境去恢复心神的平静，直到那一刻忽然又对它产生了恋慕，才匆匆又搭车赶回来像脱胎换骨那样去爱它，接着又感到鄙夷，甚至恨，必须逃避它，去想念去爱它，然后仆仆赶回迁就它——如此周而复始地和那都市保持着一种对立的关系。

这些都是事实。

这使我想起三十年代西班牙诗人F.嘉西亚·罗尔卡（Federico Garcia Lorca）。他爱西班牙的乡村牧场和林野山川，葛南拿达、柯铎芭、塞尔薇亚、瓜德克薇尔、黑瑞兹、梅瑞达，广大的神话和漫长的传说，这一切都进入他的歌谣和戏剧。但他也住在马德里，爱它并且恨它。罗尔卡在纽约的时候，有人问他："马德里那么远，你又那么久没回去了，你记得马德里吗？""马德里在我眼前，"他说，"我睁眼看见马德里，闭眼看见马德里——所有的街道，长巷短街，所有的建筑物、教堂、桥梁，所有的人物都在我眼前。马德里在我眼前。"

有一种人是必须离开那都市，才会想念并且爱那都市的。"马德里在我眼前。"他说。我或许也可以这样说："台北在我眼前……"

可是无论如何，这爱的纯度是不能和你对台北的爱相比的，而且没有你的爱那么自然——至少到今天为止大约便是如此。记得你第一次来看我的时候，那一年秋冬之交，是你父亲陪你来的。当时我非常感动，一位历史系的资深教授为了鼓励儿子文学创作的兴趣，竟亲自从文学院的前楼将儿子带到后楼来，寻到外文系的研究室。我发觉我以为惊讶的事，你们父子完全泰然自得，那么开放认真地谈着诗和抱负，学业和理想。你有一篇散文写儿时一颗臼齿，就是父亲抱你坐在大皮椅上让牙医拔去的。现在我理解那是你温馨的环境的延长，在文学院转凉的空气里，我们谈诗和抱负，学业和理想。我懂你的诗，一种从容，有教养，能思维，充满批判的张力的urbanity，那不是轻巧的田园风味，不是神秘的乡野传奇，但那祛除了人群拥挤的汗臭，没有公寓街坊的谣言中伤，没有虚假的疲怠和惧怕；它是我所喜爱的文雅和开明，准确的热衷的，持久、坚强，一种反复回荡的喜悦，即使带着轻度怀疑，便勇敢地追求着，质问着，一种不退缩的气度。这是你的环境提供给你的格调和风采，教养、学习、观察、吸收，在舟山路六十巷，在温州街十六巷。虽然你没有田园山林，你有值得珍惜的六十巷和十六巷，和那两条巷子当中一个可贵的校园；而且你有一个大都市，培植那份我要不断提醒你去扩充发扬的urbanity。

这都市环境也是诗的一种环境，其实不见得只有田园和山林才是艺术家的故乡。我们早已不相信诗是全部感性的产物了，我们相信理智和知识是检验感性幻想的基础，何况就像你的作品所宣泄的，感性纵使一定见于田园山水，也见于都市的白昼和暗夜——这里的一切同样动人，通过你理智和知识的检验，催化为艺术的结构，含蕴着大小适度的主题，以准确的修辞细节表现出来，完成一首诗。这些都是没有侥幸的，端看我们心血付出的分量多寡和层次高低；而我感觉到，这一年多来你的追求进取是可观的，掌握住你熟悉的环境，教那些细微和粗犷的因素为你所用，复能探索未知，在科学技术和想象世界里寻找人文的素材，那么热衷专一，莫非除了一天驿马车程以外的萨尔兹堡,音乐家拒绝归隐的故乡,诗人,尤其是在你这种幸运的环境里成长的诗人,也还有一个超越田园和山水的精神故乡?那里并不宁静,却充满了未来的启示,也不遥远,是可以让我们自由进出消遥遨游的,然则,那莫非也是诗人的故乡?

一九八五·一

壮　游

最近这里的天气很奇怪，风雨和阳光迭代，有时候一日数变，到了黄昏，宁静又仿佛什么都没有发生过，天地百神若无其事。上星期曾寄了一封信给你，想已收到。在那之前，我因为忙着思考些无法落实于诗的问题，笔下很困顿，所以也有一段长时间没有和你联络。今早起来，室外多风，阳光忽隐忽现，我坐在几前重阅你最近的信，觉得还有些话须对你说，不免就想写下来，否则将来见面时可能不记得了。何况我们过去从来没见过面，将来可能也不会见面。

你的来信里提到一件使你不平的事。据说有人从台北到你们那县份演讲，对一大厅年轻的听众说："年轻人若是为旅行而旅行，便是很可耻的。"演讲的人是一个颇有文名的女作家，但我并不认识她，只知道她出版了一些书，据说她的作品都是以海外浪迹的体验为经，且以她的伤感和她克服伤感之勇气为纬，很细致动人地编织起来的。去年在台北，我也曾被公开质问过，要我对她的作品有所判断，我很紧张地回答道："她的书我一本都没读过，不能随意判断的。"我的听众愕然。我确实没有读过那女作家的书。记忆里好像在报上看过她一篇长文，介乎小说和游记之间，具有一定的敏感和心怀，山水的层面也不小，人物的种类繁多，但都扣住一些典型，在我们眼前打转，悲欢离合的言语和容貌衬托出一个超越的女主角——女主角就是作者她自己，聪明冷静，勇敢热情，等等。

那篇文章写得并不坏，所以我到今天还有印象。

然而你的来信提到说你很生气，因为她对着满场的青年宣称旅行是"可耻"的。我邊看你的描述，也有点茫然，不知道为什么她反对旅行，何况她自己许多书都是以浪迹体验的悲欢为重心。她的话是有些难懂之处，刚听到的时候；我上个星期给你信中也只能表示不解。今早起来，又想到这奇妙的问题，左右寻思，揣摩猜测，似乎找到一个答案——这答案可能并不是你我所愿热心接受的，但总是一个可能的答案。我们不妨设身处地从她的立场来解释也罢。

我想她的意思是说，年轻人出门旅行不应该纯粹是为了休闲游乐，必须带着严肃的寻觅着什么，尝试着什么的心情，带着探索的甚至冒险的心情，到深山大泽中，到遥远的国度，以一种学习观察的诚意去体会，在那陌生的世界里，无论洪荒山水，远古的遗迹，或当代熙攘的另一文化社会里小小的市集、街道、码头、车站，去吸取知识点滴，用以荣养胸怀和想象，使自己能够在成长的过程里正确地把握丰富的人生素材，充实地理和历史的资讯，从而于落笔创作或面对其他生存活动时，有一份更开阔广泛的覆按。我猜想她的意思就是这样。也许她在群众面前找不到圆满解说的机会，草率地指出"为旅行而旅行是可耻"的一点，竟使你这个极端敏感的青年诗人生气了。但是，我们平静去用心，应该可以了解她，并且即使你不同意我为她渲染的解说，也不必生气。

一般说来，那女作家所表达的意思是可以接受的——如果我的解说不太离谱的话。其实像你这样对文学，对音乐和舞蹈，甚至对民俗艺术都有无穷兴趣的青年，那个道理不难懂。我记得将近十年前，当你第一次写信给我的时候——那时你还是一个初中生吧——你说你刚刚和父母从阿里山旅行归来。院子里吹着泛满花香的春风，你坐在窗前回忆山上的巨木和云烟，想到诗的美,文学的空间和时间,仿佛精神犹在森林里外飞扬,终于决心写封信给我,对我诉说刹那间无穷尽的感受。我觉得这就是了,你当时的心境正是一个人在有益的旅行后所企及的心境。你的阿里山经验迅速在你年轻的意志里运作,搅动着,撩拨着,使你与生俱来的想象和思维活泼了起来,启发你进一步去探索你的性情和兴趣,并且鼓起勇气写信给一个素未谋面的人。是的,一个诗人,想通过笔墨来整理你的情绪,让一个远在海外的诗人为你判断虚实。反正他在海外那么远,你这样想,即使我说了什么不成熟的道理,也轮不到他当面使我尴尬,就勇敢地将这种种感受写下来吧!

我很庆幸能收到你那封信。这十年来我们纵使未曾见过面,断续的书信往来,使我们每次落笔都有一种和老朋友嘘问寒暖的感觉,这是绝对值得珍惜的。你虽然从来没有让我看过任何诗的创作,我仍然愿意以诗人对待你,因为你有诗人的情怀,字里行间永远流露着真实的关心和爱。

现在回头再看那位女作家的话,我大概可以断定她使你不悦的并非一句话的理论,而是当她道出那句话时,理论委实太尖锐了,并且带着一些骄纵的成分。任何人高声宣称"为旅行而旅行是一件可耻的事",都意味着他自己乃是非常深刻,富于思想,勇于探险的,而他的飘泊浪迹，走遍三山五岳，在天涯海角为生死恩怨而感伤欢喜，无论如何，这一切一切都有他哲学基础的支持，都有生命的必然、天地的报应、宇宙的完成等等说不完的道理。简单地说，那位女作家的意思可能是，她旅行的目的是要充实自己，为了体验人生，为了考察文化，为了回馈乡土，为了报答国家。这些冠冕堂皇的道理她并没有公开表示，可是这些大概就是她文学生命庄严的一面。总而言之，她的意思是她到处乱跑，并不是赶时髦凑热闹，而是有她庄严的道理的。可怜的她，可怜她一定没有说清楚，或许矫情了些，孤傲了些，竟因此惹起你的不满。

其实，以我这些年对你的认识，我敢断言你也可以同意她的说法。我时常在你的来信里获知你旅行的踪迹和感触。你也是为了特殊的目的才旅行的，这么年轻的岁月，你当然不是一个以旅行为奢侈休闲的人，你出门进入远近山林和别的城市之中，或到海外盘桓于异邦喧嚣的社会，沉思、观察、体会，你何尝就没有那庄严一面的理念呢？你不从那一面着手去谈论，就因为你率真光明，因为即使我从来没读过你一首诗，我认为你是一个性情中的青年诗人，而那人写了许多书，我却提不起兴趣来观看她的书。

我不是一个特别热衷旅行的人，但半生的际会竟使我不得不时常出门，到一些熟悉和陌生的地方，与各种人物接触，让多变的外界在我眼前转动，听各种有意义和无意义的交谈。可能命中注定就须如此，其实也没有好恶可说。让我以回忆的方式，告诉你一些平凡的经验，使你更放心。

起初我在花莲的林野水涯徜徉，对于一个中学生来说，若是每星期都须单独骑着脚踏车进入阿眉族部落的山区，挥霍一天的幻想和精力，这狂奔和静憩的经验总是可贵的。我依然相信那种野性的介入，对当时，甚至今天的我都有特别的影响。我喜欢单独出门，忽然转入一个不相识的世界，没有人和我交谈，不需要附和群众以赞叹，更不必陪着别人诅咒埋怨。后来我在台中念了四年书，除了大度山脊上一些河谷、甘蔗田、小村庄以外，人人乐道的风景名胜我都没去过，因为我不喜欢团体出游。你无法相信我大学四年间，附近的日月潭、阿里山、溪头、狮头山我都没去过，更不用说再远的垦丁之类地方。我大概并不是不知道旅行的重要。读英国文学史，知道十七世纪以后每一个诗人都必须体验一次所谓的"壮游"（grand tour），到欧洲大陆去度过一段敏感时光，才算完整地成长了。我知道这些，可是不免又退缩着，从来没有和同学结伴登山或露营的经验。我怕他们说话声音太吵，又怕参天古树下合唱营火歌太兴奋，谋杀了我宁静的想象。这样说来，我那时不但有点骄傲孤高，恐怕还太懦弱了些。你若了解我，就能体谅那位女作家的理论——她大概也只想一个人去，不喜欢你们年轻人跟在她后面追寻她飘泊的足迹。

有点奇怪，但这又有什么关系？

我曾经很沉默地注视高耸坚实的洛矶山，看苍松和白杨摇曳交叠飞逝，火车载着我的向往和欲望，精神高扬而肉体也因为那景象而觉得痉挛，穿过巨谷深川，进入沙漠荒野，疾驶在点缀农庄的田地上。我曾经怕怕地站在密西根湖岸上，冬寒彻骨，缩着肚子看飘浮碎冰的大水，想象这样一个不可思议的湖泊，就是将我们整个台湾岛放下去，岛还是一个岛，回头忽然为芝加哥狡黠的灯火感到恐怖。有一次我坐在纽约赫德逊河的公园长椅上，缅怀世纪以来多少留美中国青年学生的风貌，为他们失落的梦和理想而感伤。在柏克莱那些艳丽疼痛的年代，我大半时间被神秘的高山所吸引。往往学期结束那一天，我把昨夜打字机打好的研究报告放在车子前座，就在后座塞上一些露营爬山的行李，开车先弯到学校交报告，然后就长驱入山，去宁静的大自然里度过年轻的假期。旅行是一种涤洗，是一种探索。我可以花一个早上坐在平整如镜的小湖边看高峦的倒影，飞鸟掠过半空的踪迹；或站立参天的针叶林间，为一只麋鹿不期然的出现，屏息长久不敢出声惊动；或倚着栏杆注视千万活水的瀑布，从云烟的山头雷轰倾泻，溅起无穷的湿寒，又落在旷古的青苔上，注入冷涧，终于缓缓流去，切过开满黄花的草原，向海洋的方向。

有时单独旅行最能体会环境。你一个人在陌生的地方顾盼寻觅，说是看风景，其实是在看自己如何在看着风景，那时你的心思最敏锐，精神最饱满，周围一点声音，一片色彩，任何细微的变化都逃不过你急切的捕捉，那么好奇，那么准确。我们都不是喜欢热闹的人，可是我们不能安于狭窄的斗室空间。有一次我千里迢迢到了巴黎，进了旅馆十二层高的房间，将行李放下，站在窗前看高低错落古今多变的房子，那色调和风姿，忽然就攫获了所有的巴黎形象，那些历史和传统。我心想：到了巴黎，这就是巴黎。遂坐下摊开一叠纸，振笔疾书。到了就好了，知道我已经在巴黎就够了，我竟耽于这个感受，一时失去观光街头的心情，因为急着想表达的是这个"到了"的感受，不是去满足那左顾右盼的心情。我一个人坐在旅馆窗前写着，看到美丽的巴黎，其实我可能只是看到自己坐在巴黎的旅馆窗前写着，并因为看到自己那样在窗前写着而格外感动。这种经验不知道你有过没有？我们这样固执地寻觅着，其实是寻觅自己。在阿姆斯特丹运河的拱桥上，在莱因河古堡的石梯前，在北美洲高寒的海岬和岛屿，我单独旅行，或面对着故国无尽山川，古代诗人颂赞咏叹的塔楼和城墙，觉得我正迅速地靠近着他们的世界，可以触摸到那其中结实的诗的精魂，文学和艺术的神。

旅行不是"可耻"的。任何人都有出门去到一个从未去过的地方的欲望，何况去了还要回来呢，并不是自我放逐，并不是故作姿态的浪迹漂泊。我有一位朋友常说：火车是最浪漫的交通工具。交通工具而有浪漫和不浪漫的分别，就可见旅行是想象思考的训练。我的朋友是诗人。我另外一个朋友觉得最惬意的旅行方式是自己开车云游，而且最好是在美洲大陆纵横千里的广袤原野上飞驰；这个朋友家住香港，更对辽阔的天地充满期待。上个月他果然来了，带着妻子和两个成年的女儿，从西雅图租了一部新车，沿太平洋海岸公路直达旧金山。这位朋友也是诗人。这样一来，你也可能会问我今天最喜欢什么样的旅行了。我喜欢选择一个没事的周日，最好不是周末，带着我的妻子和小儿，开车不超过两小时到一个游客不常涉足的地方，选定一座木屋旅栈，将被褥安顿好，然后徒步到幽静安宁的角落去散步或在海岸的沙滩，或登河流悬崖之上，看路旁的小生物活动，凤尾草，芦荻花，空中鸟飞，水中鱼跃。黄昏时分在屋前生火烤肉，喝我的啤酒，看儿子在草地上奔跑，然后天就黑了。等他们上床以后，我还可以就灯前写作，听野外的虫声和激激水流，觉得一个陌生的天地正刺激着我的神经，使我的思索更生动、敏捷、快速、明朗、活泼。这样的地方也令我松弛，比平时早一个钟头就上床去睡。

我现在最喜欢的旅行只是如此而已。那是休闲度假，不是旅行。而我相信以你今天年轻的风采和兴趣，你应该走得更远，探得更深，你行动的速度应该更快。

你何妨就在内心先确定一个广泛的目标？先在家里勾画出完整的憧憬，布置一些可能发生的情节，以想象的陌生世界为背景，把自己血肉之躯投射进去，坚持自己所追求所要的东西，然后出门。这样的旅行说不定会因为一切都不如理想而大失所望，但失望何尝就不是一件庄严的理由？这样的旅行是充满目的和意志的，是学习的历程，是考验，是一种探险。我相信这个方式最适合你。你来信里提到了夏天出门的计划，每一个计划都令我羡慕，而我希望你除了安排行程日期以外，也为自己的心情意志去安排一个方向，尝试去完成那方向的指引，以最大的敏感去体验所有的色彩和声音，人的容貌，文化的形迹，和大自然拥有的一切。那是我们积极的投入参与，那是一种挑战，而不只是奢侈的观光旅行。那正是一个青年诗人的自我追寻，一个青年诗人的"壮游"。

一九八五·六

历史意识

然而假定传统代代相承的程式只见于我们对于上一代之步趋仿效,那样盲目地、怯怯地服从上一代的优胜业绩,则"传统"当然可以休矣。我们看过许多这类简单的急流不旋踵消逝在沙里,何况创新总比重复好。传统之为物比起那些重要得多了。传统非继承便能赢得;如果你想要它,你还必须通过心志的努力始能获取。首先,传统和历史意识息息相关,而且我们可以说,任何人过了二十五岁假如还想继续以诗人自居的话,历史意识乃是他不可或缺的条件。历史意义还包含了一层认知,不但认知过去之所以为过去，也认知过去是存于我们眼前。历史意识迫使一个人在落笔当下，不但自觉到他和这时代的关系，还体会了自荷马以降整个欧洲文学，以及那其中他自己国族的文学全部，体会到这些都是同时存在的，构成一个并行共生的秩序。这历史意识是我们对时间永恒保有的意识，也是对短暂现世保有的意识，同时它更是一种将永恒和现世结合看待的意识——这历史意识使得一个创作者变得传统起来，同时更使他恳切地了解他在时代中所占的位置，了解他与他们的时代的归属关系。

Yet if the only form of tradition, of handing down, consisted in following the ways of the immediate generation before us in a blind or timid adherence to its successes, "tradition" should positively be discouraged. We have seen many such simple currents soon lost in the sand; and novelty is better than repetition. Tradition is a matter of much wider significance. It cannot be inherited, and if you want it you must obtain it by great labour. It involves, in the first place, the historical sense, which we may call nearly indispensable to any one who would continue to be a poet beyond his twenty-fifth year; and the historical sense involves a perception, not only of the pastness of the past, but of its presence; the historical sense compels a man to write not merely with his own generation in his own country has a simultaneous existence and composes a simultaneous order. This historical sense, which is a sense of the timeless as well as of the temporal and of the timeless and of the temporal together, is what makes a writer traditional. And it is at the same time what makes a writer most acutely conscious of his place in time, of his own contemporaneity.

我昨天枯坐书房良久,将左边那段文字翻成中文。你可能一眼就看出来,那是艾略特(T.S. Eliot)出名的论文"Tradition and the Individual Talent"里的一段,一九一九年发表以来,全文的中译已经出现过好几次。我没有应用现成的翻译,不是因为我不喜欢,而是为了对你表达一点虔诚的心意。我想如果以我这么一个对译事不感兴趣的人，如果特别由我自己为你将这段文字翻成中文，则当我选择了"历史意识"这课题来讨论时，可能会让你觉得这其中虽充满了理论，理论何尝便不可亲？

我在写过几封给青年诗人的信之后，忽然想到了你，有意从我们上次谈话的枝节里延伸一个主题，肯定我们的友谊。谁知道光阴蹉跎，在我还没有下笔之前，竟先接到了你的长信。这一年时空相违，你的感慨出乎意料之多。我可以想象你的生存环境是平静的，可是平静里为什么还透露出那么多焦躁和不宁？从你寄来的照片里，我看到你任教的学校正是一个最美的乡村学校，宽阔的大操场上长满了绿草，简单无华的升旗台，成列的凤凰木绕着矮矮的教室开花，每隔几步就耸起一棵擎天的老槟榔。你的衣着平凡，可是那么整齐好看，正是一位中学老师最典型的风度。我在想，不知道你的学生和同事知不知道他们这里站着的国文老师，其实还是一位头角峥嵘的诗人呢！

你提到诗的困境，提到突破之难。这些我懂，虽然你说得很含蓄，我懂得文字以外的其余。

四年中文系的正规教育，当然，早已在你人格心志中留下绝不能磨灭，也绝不许磨灭的烙印。你必须先为这些感到自豪，要知道这一种坚实的学术训练多么可贵，千万人中才有一个能够获取。它使你的生命无垠地和古典结为一体，看山看水，看红尘人寰，无处不沾着文化精英的色彩；它使你多了一层正面欣赏大千世界的灵视，能够积极诠释环境周遭的一切。我现在对这些有信心，对你有信心，因为你不再耽迷禅学，显然力能破除玄幻，这应该意味着一个新的起点。大学毕业前夕，你每次看到我都要谈诗和禅的关系，从严沧浪那里参来一些稀奇古怪的道理，什么"正法眼""声闻""辟支"，一味固执，很叫我担心。

我对禅学没有研究，但自我摸索，看古人有立意以它和诗勾搭起来的意思，始终不能明白。沧浪如此，吴思道、龚圣任、赵章泉之吟咏"学诗浑似学参禅"云云，亦复如此。我想五十以后，若工夫独多，有闲当去体会一二，眼前满目生事关怀，无暇理会。那时我故意以冷水浇你，但你却固执得可爱，一方面相信"以心传心，不立文字"，一方面又想从事新诗的创造，真教我不知如何劝你。你口口声声爱引《传灯录》："宝积禅师上堂示众曰：向上一路，千圣不传，学者劳形，如猿捉影。"刘后村说得不错："诗家以少陵为祖，其说曰：语不惊人死不休；禅家以达摩为祖，其说曰：不立文字。诗之不可为禅，犹禅之不可为诗。"这次你信中说："想通了，暂时不能再以禅学为限。社会上充满了奸伪欺诈，豺狼当道，民生多艰，以我的能力，唯有通过严肃有力的笔，在文学里为理想寻出路。然而读圣贤书，所学何事？我们应该如何把新文学振作起来，为它在时间的长流里定位，使我们上无愧乎先世之盛藻教诲，下不惧举世滔滔的烂言责备？我们需要什么样的修养，才能使我们的诗不但是中国的，也是现代的？不但是一种艺术，也是一种触媒？我们要怎么样才能同时把握到文学升华和落实的境界？"

李重华《贞一斋诗说》想以诗教乃是孔子论定，"何缘堕入佛事"的质疑来破除沧浪的理论。我猜那些争执一定没有结果。我也不愿徒劳去追究破除之道，何况你暂时都已经"想通了"。针对你的问题，我就想到了艾略特在《传统与个人才具》里提出的"历史意识"这个观念。

即使仅就那节录的一段观察，你也可以看出来，艾略特在为"传统"的重要性鼓吹。他说在他写这篇文章的时候（一九一九即民国八年，正是五四运动在北京发生的那一年），所谓传统是一个不受注意的观念，甚至还是颇遭误解的。人们以"传统的"（traditional）为拘泥陈腐的同义字，而当他们赞扬一个诗人的时候，他们特别称颂他和前人不同之判然所在，为他之勇于整个扬弃他紧接的上一代而感动，以为他因此便寻到了可以代表他的时代的新面貌。言下之意,人们多以为文学史上的诗艺翻新,盖见于一代一代的连锁反叛。艾略特觉得不然。他认为所谓传统其实大有其正面坚强,充满启发力量的价值。接下来他就说道:"然而假定传统代代相承的程式只见于我们对于上一代之步趋仿效,那样盲目地,怯怯地服从上一代的优胜业绩,则'传统'当然可以休矣……"

了解传统的精神,尊重传统,并不是一心以上一代诗人的成就马首是瞻。我们努力创作的目的当然不是为了响应上一代诗人的号召而已,或为了印证上一代的理论,为他们的成功宣扬而已。艾略特说我们看过不少流行一时的文学作品,固守着取悦苍生的风貌,在一有限的时代里澎湃喧腾,仿佛是灼石铄金的不朽之作,终于迅速地埋没在时间的河床里,涓滴不余为泥沙所灭。其实这正是说永恒的作品,第一不能以它面世当时短暂里所接受的彩声,或在我们今天的社会,不能依照销售量的多寡而定,因为那印刷数目的流程虽然激急如current,其实绝不可靠;而且第二,正因为文学的传承是长远的,建立于不朽古典的衔接辉映之中,更因在为这持续的传承过程里,随时自备着文学真理的检验,所以冲不过那些检验的作品,纵使它短暂一时被人们所传诵,势必就在那过滤方式中被淘汰,消失在泥沙堆里。

文艺的流行风尚是最可怕的东西，它诱惑青年诗人的心，腐蚀他的志向，丑化他的意念，沦为蛋头笔端培养的把戏，变成市场锱铢价值的玩物，随着虚无的彩声和狂妄的银钱打转，丧失了自我。步趋模仿上一代的风格主题是极端危险，没有意义的；在任何情况之下，创新的努力一定比那些更值得鼓励。所谓"一代"，根据艾略特一九四〇年在都柏林的讲演——"论叶慈"，大约以二十年为准。

你今年二十五岁。记住不要"盲目地、怯怯地"以四十五岁至六十五岁的人为模仿对象，纵使那一代当中有因开风气致使你心折的人，纵使那样，你何不也设法加以超越？至于对同时代的少年隽秀，我倒不担心你充沛的创造志气会被他们所支配。是的，创新无论如何都比因袭好。

两难其实就在这里。我们要尊重传统——包括上一代探索开辟给我们的江湖绿地——却又不能因袭传统。自我创新是比重复前人好得多，这点不难理解，可是如何在尊重传统的精神状态下创新？艾略特论传统，在这一紧要关头，有些值得我们沉思的发现，尤其值得我们这种以新文学的拓殖为职志，却"不幸"略知古典文物之美，教养庙堂之深，精神源流之远与长的人来考量。然则什么是传统呢？

"传统非继承便能赢得；如果你想要它，你就必须通过心志的努力始能获取。"我们略知古典文物之美，教养庙堂之深，精神源流之远与长的人，真是通过许多磨难，处心积虑才勉强到达这一点。读书须有整个国史的观念作覆按，要知道选择精华，抛弃渣滓，而且以我们今天的关怀，甚至还须有外国史的观念来比较印证。生为中国人并不就表示你是中国传统文化的子孙。传统并非继承就能赢得。正确地说，传统要求我们专心追求，检查吸收，消化发扬，有师友的帮助最好，没有师友鼓励的时候，若我们心存一念，也并非就把握不到。你是幸运的，四年的中文系训练，你当然不缺乏把握古典认识传统的钥匙，所以我说这些值得你自豪。所谓传统包含了一种历史意识，其实也可以从这方面来理解，认知过去三千年的文学已属于过去，朝代交迭起落，文体层出不穷，俱往矣，我们冷静看庄子的髑髅寓言诉说他那一代的哲学，又矍然发现张平子重拾旧意象时，戚戚泪洒黄土，那是东汉。曹子建触及这个题材时是一种理论，然而又过了几世几劫，等到鲁迅"起死"的时候，那种犬儒嘲讽似乎是属于我们，也不见得就属于我们。过去如此，每一个阶段昭然闪烁着那一个阶段的智慧。那些可以是我们的，如果我们奋斗去把握它；也可以完全和我们无关，如果我们怠惰松懈的话。

可是你我当然有这一份强烈的欲望，除了承认过去是属于过去的，还要将过去的雄伟精致选择地扳回到我们眼前——认知过去之与现在并行相生。艾略特论历史意识，他的过去传统，不仅指盎格鲁-撒克逊（Angllo-Saxon）一千年的遗产，反而扩大包括了自荷马（Homer）以降整个欧洲的文学，绵亘亦复三千年，相当于我们这个传统的漫长、深刻、广大。一个自觉的现代诗人下笔的时候，必须领悟到《诗经》以降整个中国文学的存在；而在今天我们这个地缘环境里，和顺着这地缘环境所激荡出来的文化格调里，我们也领悟到台湾四百年的血泪和笑靥——这正如同盎格鲁-撒克逊的特殊格调，对艾略特的启示乃是无所不在的。要让三千年的中国文学笼罩你虔敬创作的精神，也要让四百年的台湾经验刺激你的关注，"体会到这些都是同时存在的，是构成一个并行共生的秩序"。

在这种绝对的认知里，历史意识教我们将永恒和现世结合看待。我们下笔顷刻，展开于心神系统前的是无垠漫漫的文学传统，我们纸上任何构造，任何点、线、面，任何内求和外发的痕迹，声音无论高低，色彩纵使是惊人的繁复，狂喜大悲，清明朗净，在在都有传统的印证，却又与过去的文学迥异，却又如此确切地属于现代，和今天的社会生息相应。唯有一个理解传统，认知过去的诗人，始能把握到他与他的时代的归属关系。

艾略特在《传统与个人才具》里又发展出一些别的理论，例如批评的尺度问题，诗人的"非个人化"问题（或甚至所谓没有"诗人"，只有"诗"的主张），以及诗人如何逃避感情，取消感情的问题。这些都不是我这次想和你深入讨论的课目，所以我搁在一边。但他在结尾的地方说了一句切题的话，让我一并译出给你：

> 艺术的感情没有个性。但一个诗人若不将他全部身心投入他所从事的工作，便无从企及这没有个性的境界，而且他不太可能知道应该从事什么工作，除非他可以不仅仅活在现在的时间，除非他可以活在过去的现在一刻，除非他可以感悟那些并不是死去了的，而是曾经活着的。

> The emotion of art is impersonal. And the poet cannot reach this impersonality without surrendering himself wholly to the work to be done. And he is not likely to know what is to be done unless he lives in what is not merely the present, but the present moment of the past, unless

he is conscious, not of what is dead, but of what is already living.

这就是完完整整的"历史意识",是我们对传统的思考所必然孳生的觉悟:古人和今人同在,而我们现在努力工作也就像是为了延续一个永远不会消灭的"过去",这样的精诚将绵绵亘亘,永无止境。这是一个人以极端入世的文学抱负孕育出来的创作信念和方法,和"以心传心,不立文字"相去不可以道里计,和"正法眼""声闻""辟支"每下愈况的理论绝不相干。我想你这一刻会对这些感兴趣,所以写下来让你进一步思索。记住诗人说过:"任何人过了二十五岁假如还想继续以诗人自居的话,历史意识乃是他不可或缺的条件。"你正好二十五岁。

然而,这些意念的取舍完全操之在你。请你不要忘记:我们看过许多这类简单的急流不旋踵间消逝在沙里,何况创新总比重复好。

一九八五·八

古　典

　　古典文学是一个没有多少人愿意谈的题目，尤其在从事新文学创作的人当中，古典很难进入他们的思考，而要它变成一个可以往来剖析的话题，更是太不容易。我忽然决定挑选这个题目来写一封早就该写给你的信，以古典文学为主题，是觉得这样做，可以很自然地破除成见，将我们的关怀信念撑开，将我们的用心回溯更远，于似乎不必要不可能的地方，发现一些新的讯息，一些挑战。

　　这个问题毕竟是一个非常简单的问题。我们对古典文学是绝对的肯定，无论我们热衷创作的又是多么新颖现代，多么前卫；我们对古典文学的价值是无条件的肯定,我们研究它,分析它,吸收它的精粹膏泽,并且于辛苦和喜悦的抉择过程中,学习如何割舍一些次要,回避一些末流。对我们说来,观察大自然,体认现实社会的光明和黑暗,固然是文学自我完成的预备功夫,潜心古典以发现艺术的超越,未始不是诗人创作的必要条件。在听了许多"文学反映社会"的理论之后,我们若要对文学的超越性格、抽象的永恒,保有起码的信心,则正面积极地看待古典,于其中揣摩古典之所以为古典,正是适宜的。

就我所知,古典就是传统文学里的上乘作品,经过时间的风沙和水火,经过历代理论尺度和风潮品味的检验,经过各种角度的照明、透视,甚至经过模仿者的摧残,始终结实地存在的,仿佛颠扑不破的真理,或者至少是解不开的谜,那样庄严、美丽,教我们由衷地喜悦,有时是敬畏、害怕,觉得有些恐惧,但又不是自卑,在它的光彩和重量之前,不是自卑,是一种满足——因为把握到它的庄严美丽,知道我们工作的目标所悬正相当于它的高度,而感到满足,遂想要将自己的理念向那位置提升,有点紧张,有点忧郁,有无穷的快乐。这些复杂的感情不知道怎么形容才好!我想起许多年以前,曾经毫不犹豫地写下了一个句子:"古典的惊悸。"或许就是这个,或许更繁琐些,这么多年以后再想到的时候……

在多风的山头，一个遥远如梦幻的学院，我开始咀嚼一种介乎虚实之间的使命感，文化的光彩在四处闪烁，仿佛无所不在，却是稍纵即逝的。我或许久久坐在藏书楼窗下一角，午后接近黄昏的时光，翻着那页页清脆响亮的书。眼前正好碰到一部陈旧的《玉谿生诗集》，我平生第一次遭遇的一个诗人的全集，我翻着阅读，而且挑选地抄写着，"梦泽悲风动白茅，楚王葬尽满城娇"有种感慨，"战蒲知雁唼，皱月觉鱼来"未免纤致了些？"昨夜星辰昨夜风，画楼西畔桂堂东"的敏捷，"远书归梦两悠悠，只有空床敌素秋"是所谓险而稳，"一春梦雨常飘瓦，尽日灵风不满旗"宁非凄美神异之至？而"直道相思了无益，未妨惆怅是清狂"乃一种难懂，"越桂留烹张翰鲙，蜀姜供煮陆机莼"又是一种难懂，隐约迷离之中不乏袆褵之美。就这样一句一句抄下来，可是最后碰到"蛇年建丑月，我自梁还秦；南下大散关，北济渭之滨"带领而来的一百韵，兵灾后长安西郊展现的荒墟惨象，一时只见风雷狂舞，鬼火旋转，历史的厄难在一特定世界里突出搬演，深夜挟书下楼，秋风呼吼，繁星固然很美，诗集里的古典体会似乎更美。

这是我最初一个诗的惊悸的全部，慄然使我在往后一不算太短的时光里，多了一种想法和憧憬，甚至在文字结构上也多了一层领悟。或许我们从来不会因此就被传统语法和格律所牵制，在默念了那些句式之后，也踌躇制作对仗和押韵的诗行，不会的，可是即使如此，那种句式确实证明是很令人入迷，而且渗透力特别强，很快就进入了我们的精神和感情之中。那是一种很可珍惜的"美学经验"，切身的，虽然不带什么分析性，也没有任何批判的意味，是古典给我们带来的快乐，从此我们落笔的时候，可以寻到更悠远辽阔的山川世界，时间的幅度更大，甚至悲欢疑犹的层次也更多了。在完全的理解和完全的猜测之间，我写过这样的句子：

你听过疾风拍旗的声音？
去年曾与猿吟，转瞬即成空无，唉
秋来与鹤同飞……

在那样一个迷茫的年代。古典于我，曾经就是如此而已，一种美感经验，恐惧和喜悦，丰富了我的幻想世界，在短期间里为我的文字词藻染上某种诡异的色彩，沿着半规律化的铿锵声调向前伸张，直到我有一天终于委弃它，试验着另外一种风貌。在最简单的意义下，对一个青年诗人而言，古典文学的必要大致如此，我们还不能算是通过古典在"尚友"古人，还不曾探索文字背后的大信仰大理念。

有一天又翻书,看到有人说李商隐"无行"。起初我以为那就是诗人平生不得已事。读纪晓岚批《玉谿生诗集》,觉得这种读书方法无聊,但也发现原来美感极致的诗,正足以让后人指出一层层"俚鄙""轻薄""纤诡""露骨""雕琢繁碎,意格俱下",终至于和人品连在一起说是"恶劣""病狂丧心""做作""猥亵""恬然不耻"。纪评一首义山灞上寄人诗,径说:"致怨同年,语尤过激,义山盖褊躁人也!"原来诗是人品格调的反射。

纪晓岚对李商隐的批评,我百分之九十不信。从前不信,现在也不信。可是,我还是因为在他的闲话里发现诗是作者人品格调的反射而感谢他。我读李商隐的生平资料,觉得此人种种行径并不可爱。诗好,品格不特别吸引我们的古人,何尝值得努力尚友?古典的惊悸以纯美与暗晦凄艳始,在一知半解的状态下持续一段时间,遂因为热心探索,一意追踪,而逐渐淡漠,消逝了。

这是那一年亲身体验的故事,对古典文学的热衷并不稍已。所谓惊悸,我却了解,或许不是我真正要追求的。后来转读一些《诗经》和《楚辞》,对作品以外的背景资料更加注意,风人雅致,固然不必怀疑,我通过历史和传统所塑造的屈原形象，才对文学的古典意义有了新认识。这样的生命，理想和挫折，奋斗和幻灭；这样跌宕的声韵、华美的意象、谲诡的比喻、错综的思维，组合起一张交叠编结的大画，一首抑扬顿挫生动转折的长歌。"不有屈原，岂见离骚！"刘勰说得最好，"惊才风逸，壮志烟高；山川无极，情理实劳。金相玉式，艳溢锱毫。"一个人以生命心血贯注他的诗歌，不但形式粲然昭彰，就是那诗歌所鼓吹的信仰，标举的理念，也是千年万载不可磨灭的。何况他的秉赋兼智才志，无从局限，最难捉摸，则他笔下创造的正是永恒的，不断扩大的宇宙，再无穷尽之一日；以之衬托他的思想感慨，反映他的人品格调，再无遗漏。诗不是吟咏助兴的小调，诗是心血精力的凝聚；诗不是风流自赏的花笺，诗是干预气象的洪钟；诗不是个人起居的流水账，诗是我们用以诠释宇宙的一份主观的，真实的记录。

古典的价值就在于这种启示的力量，直接的和间接的，明显的和隐约的，告诉我们一些其他任何生活经验或学术训练所不可能流露的真理。"风檐展书读"，我们看到艺术的典型，产生精神的前瞻动力，准确地把握到我们工作的哲学目标，在最高层次的一点，教我们竞争地、持久地，向那一点接近。在许多情况底下，因为有了这启示，打击嘲弄也不再值得害怕，挫折使我们更加坚毅，寂寞正是反身自省的良机；而赞美呢？赞美更是可有可无的小插曲，没有人可能将我们淹没在流俗的彩声里。

这是"古典的教训"。

我想古典给我们的教训是深刻不灭的，不仅仅止于那片刻的喜悦和惊悸而已。它超越感官而臻于精神。有一年冬天我单独出门旅行，开车上渡轮过海，然后弃船沿上山的公路长驱。就在那岛屿的高处，忽然遭遇到一场风雪，我将车停在路边避雪。不久风止雪霁，眼前层云舒卷、散开、消逝，下面是一片幽深广大的山谷，更远处是点缀了无尽白雪的蓝色山脉。在那绝对宁静和平的一刻，我体会到大自然博大的爱，那爱是通过纯净无私的美对我显示的，是一种神圣的epiphany。我起先似乎听到雍然的赞歌在远近四处升起，随白云的流逝和山峦的光影响动，充满了我的耳朵和胸臆，如同巴洛克时代的教堂音乐。然后我想，我不喜欢将音乐的幻象加诸纯净无私而独立的大自然。一念间赞歌戛然停止，逸去。这时继之而起的，是我曾经为思索而致疲乏的心，却不知好歹地探讨着，在古人的诗词里寻找合适的句子，似乎急于使用一些现成的好文字，对仗的，押韵的，那样生动美丽的句子，用那些来帮助我形容眼前的爱和美,让我把握那一刻的发现。

一组良好的句子浮现,来自六朝古诗。我思索着,将那些句子拿来比拟眼前雪后的山峦和谷壑,忽然产生一种惊悸,身体为之震动。刹那间我觉悟,原来我现在尝试捕捉的是一种诉诸感官的喜悦。这使我惴惴不安。我正面对着大自然以美提示的爱,无穷的精神界加强地向我教诲着,有一种接近伦理的和谐温暖,在那冬季的高山上,是如此抽象,也因为它抽象而普遍、恒常。然而我怎么可以将这精神经验拉下来,使用一些有形的文字,变成感官的刺激?我自觉必须停止索引那些句子,"这一刻的体验悉归我自己,我必须于沉默中向灵魂深处探索,必须拒斥任何古典外力的干扰,在这最最真实震撼孤独的一刻,谁也找不到我"。

拒斥古典外力,是拒斥那些美丽的诗词佳句对我们的干扰。在那稀有的片刻,我们要求大自然对我们绝无间隔的体贴,不需要任何文字的牵涉,直指宇宙内心,再也没有滞碍。当我们下定决心以全部敏锐的心灵去体验的时候,我们和外物之间自有一种immediacy,那是艺术创造的根本保证。倘若那immediacy遭受古典诗词的渲染,创造的过程恐怕就产生缺失:我们和自然外物之间横了一道微尘,失去密切结合的力量,只能浮华地作些敷衍文章,借助古人的美文佳句，永远表现不了自己。

阅读古典，不是为了看水想起"澄江净如练"，看山都在"虚无缥缈间"。若仅如此，古典正是可怕的干扰，反而变成我们想象推理的限制，教我们挣不脱传统语法习惯和譬喻系统的镣铐，则这样读书真是何苦来哉？博闻强记的人若少了一层转化融会的能力，到底还是有所不逮。陆游写《渔翁》诗：

> 江头渔家结茅庐，青山当门画不如。江烟淡淡雨疏疏，老翁破浪行捕鱼。恨渠生来不读书，江山如此一句无。我亦衰迟惭笔力，共对江山三叹息。

首先，"青山当门画不如"是不值得说的，说了等于没说。其次是笔力衰迟，"对江山三叹息"，恐怕也因为诗人用心太过有以致之。最严重的是他"恨渠生来不读书，江山如此一句无"。渔翁不读书，身在无可描摹的大自然景色之中，已经进入化境，变成大自然的一部分，何必要那"一句"？"恨"是诗人为他抱憾的意思，其实渔翁与自然的关系已打成一片，甚至超越了我前面所说immediacy的境界，何必要那"一句"？难道我们要他每天清晨出渔，都默念"欸乃一声山水绿"？诗人用心则乱，遂惭笔力，叹息之余成七古一首，总算"有了"，是他自己的成就。陆游不蹉跎不错，错在他为渔翁抱憾，以为别人也须和他一样"有了"才不蹉跎。他崇敬古典，所以觉得美景当前必须有诗，却不知道没有诗未始不是一种精神境界；与其强制作诗，不如追求人和自然和谐的伦理关系，这种关系未始不是艺术成就的一种。他尚友古人，所以剑门道中遇微雨，脱口问道："此身合是诗人未？"因为古来一流诗人细雨骑驴入剑门者多矣！

尚友古人，以他们的品格理想为典型，若是选择得当，正是我们所谓"古典的教训"——我们强调研读古典文学的必要，是以这个为前提，以这个为中心，以这个为目的。

陆游剑门道中遇微雨，自觉"征尘""酒痕""远游""销魂"，这入蜀的举动莫非复印着古来许多感慨无穷的诗人的行径？"从前我的志业和文学，使我介乎诗人和宦游人两重身份之间，"他想，"如今应该是完完整整的诗人了，自觉落魄了一点，悲壮了一点，如度陇南来的少陵，如溯江以上的青莲。"

古典文学的研读不是为了使我们脱口能断章取义，是为了叫我们有好的典型可以仰望，好的楷模可以追寻。例如屈原的作品和人格所能启发于我们的，莫非坚实准确如雪霁后的山川，同时又是那么抽象、普遍、恒常，也不下于雪霁后的山川。接近他是我们感性和理性交织产生的经验，是一种发现，一种体悟，如同那年冬天我单独驻车山头，于安宁寂寞中所闻所见，稳重地埋藏在我心中，永不消灭。是的，古人也有古人的典型，屈原之陈词重华，或声言"将从彭咸之所居"，那是他把握到的古典的教训。李白诗中更不乏可贵的历史意识。我们知道大诗人之所以为大诗人，并不只因为他能出奇地"对影成三人"！

今夜风大，心情随树声起伏。想起有人曾经公开对古典文学表示鄙夷，起先我也不免生气，但反复思考，若是古典文学只能提供短暂的喜悦，或惊骇和悸动，不能产生更高层次的启示，不能教我们发现艺术的理性和良心，不能教我们体会一种永恒的教训，并且以那教训掌握现代诗创作的思维和言语，那么，古典文学当然就如偏执的和无知的人所控诉的，是已经死了或终将快快地死了。

一九八六·一

现代文学

年初和你谈的是古典文学。转眼春暖花开，黄杨木已经恢复了蓊郁的形态，而山杜鹃簇锦灿烂，在阳光下炫耀明亮的生命。我也时有开门游荡的想望，将翱将翔，到山坡下寻访风里醒转的花草，可是又觉得未免太奢侈。这样想，或许就写封信给你吧，或许就与你谈文学，谈现代文学。

我心里想的现代文学是广义的，包括所谓新文学和当代的文学。其实我一想到"新文学"，就在心里罗列起一排古朴的平装书，灰白封面上简单地印了几个大字，不是墨黑，就是深蓝，也没有缤纷的图案设计，没有插图。我想到抽屉里一张短短的作家名单，我们祖父辈的人物，萧索沧桑，落拓执着，不知道如何跌撞实验，好歹也为我们开辟了一个新时代白话文学的源头。他们喜欢在米黄色的纸上，以质朴的五号字，松松地排印一些长短句，一些标点不太统一的对话体，一些浓淡悠闲的小品文章，而且往往还在书缘留下毛边的痕迹。我曾经专心挑选过，从那时代找出一些特别值得珍惜的作品，列出名单，但那名单终于也还是短短的，就那么几个人，有限的几本书。

这也难怪，我心目中的新文学必须以白话文为基础，而纵使我可以容忍文字修辞上的松散和怪异，我要求它在主题的表现上超越——或至少必须相当不同于——古典的层次和范围。以这私心为标准，五四以来能够进入我名单的作者当然不会太多。而一旦他们进入了我的名单，他们就巍巍然凛凛然不可轻视，我称他们的文学为"新文学"，其地位与古典文学相当，是整个大传统延续的潮流形象，正好伸展到那特定的时代，戛然而止，其余一切只有让这一代的作者来承接。

我们这一代的作者所创造的，就是我所谓的当代的文学。那少数被我肯定的新文学已经（被我）纳入文学史的正统，而这方兴未艾的纷纷总总不断推出的，所谓当代的文学，还有待我们进一步思考评判，过滤，淘汰，最后能留下来参与文学史正统的，当然，一定不会超过千分之一。

　　上一次和你谈到古典文学对我们的教训，我辗转反复在尝试说明的，不外乎一点：以现代文学的创造为志向的作家，譬如说你，像你这样的心胸和气质的青年诗人，不可不读古典。在这过去几个月里，我偶尔回想，深怕你以为我强调古典的重要，莫非忽略了现代？前天旅行归来，接到你的长信，恳切与我讨论创作的信念和技巧，果然提到古典与现代孰重的问题。你来信剖析头头是道，却绝无亢傲之意，与时下流俗中人迥然不同，正可谓"书辞甚高，而其问何下而恭也！"，不禁叫我产生一种惭愧的感觉。在文学的追求和摸索里，我们的祖父一辈多反叛横逆，我们的父亲一辈则常常被时代局势磨炼得狂狷嚅嗫，而我们这一辈多的是肤浅不学的成名人物，可惜你那一辈的年轻人也渐渐流露出一种急功近利的杀伐精神，令人怅惘。拜读来信，发觉你往往与众不同，心智理念独具卓荦气象，使我愈增英雄出少年的感慨，欣喜之情，不言可喻。

　　要之，以现代诗的创作为志向的，或者包括其他所有文类的作者，若想准确把握他的艺术标杆，翻陈出新，与众不同，则阅读新文学和当代的文学也是不可免的。我在想象一个现代的知识社会，一个勉强已经开发了的文化环境，自然是蝇营狗苟而五花八门的；

我想象一个有志于知识文化的人处在那世界，假如他希望拔起一种超脱的面貌、结构，或甚至一种体系，他除了颐情志于典坟，浸淫古典以博采教训外，绝不能随时自觉地面对这一代的杂说和喧呶，并且加以检察，加以体会、判断，甚至驳斥其荒谬不通，揭发其虚假，乃至于吸收其中有意义的因素，并公然地或私下拒斥其中失败的痕迹。

据说古来能完成大文学大智慧的人，所履行通过的预备功夫都不外乎两种。第一种我们风闻颇多：他肃然砥砺自我，遂面壁十年，研习前人的经验，沉思默想，一旦心神贯通，乃破门而出，了无滞碍，对空荡的山川大笑三声，自以为于一切是非技术已经达到天下无敌的境界，于是冷然试剑，想象迎者多为之望风披靡。这种情形并不是完全不可能的，我们宁可信其有，不可信其无。问题是闭关修炼的人，常常是些独抱孤愤，而狂傲和自卑夹缠，冷漠和贪婪起伏不定的人。他的自我磨难固然有成功发光的可能，也可能心猿意马格格不入——此见于武林的就是那些使独门暗器的怪客，于文苑的不外乎一些眼高手低大言不惭的"宗师"。

另外一种人身体力行，兢兢业业。他介入风气，参与发展，可是他小心翼翼，既不轻易褒贬别人的成绩，也不人云亦云去随波逐流。其实，人生在世，既然于自我完成的大理念上有了抉择,确定以文学,以诗的创造为表现,则他的心情和意志本是入世的。入世的态度,是的,是我们一切工作的起点。在这个大前提下,我们不宜假惺惺故作冷漠散淡,应该实事求是,追求、观摩、分析、吸收,以剑及履及的积极步伐去超越进取。我们没有闭关的权利,没有一概鄙视别人的成绩的权利,何况一个人在资讯不足的情况下,遽然面壁,难免培养出一种自以为是、盲目、狂妄的病态心理,他思而不学,岂不正犯了古人"危殆"之戒?总之,我知道从事新文学的人宜介入参与,不宜犬儒高蹈。在那介入参与的经验里,通过不断的叩问和学习,发现时代的是与非,正途和邪斜,就像苏格拉底(Socrates),走遍雅典的大街小巷,秉持他追求真理的意志,去检举时代的风尚,加以考虑、辨正、修改,终于能够超越时尚,折腾出他比较接近真理的哲学。

我相信只有这种态度是健康的态度,介入时代,参与社会。我不相信任何个人可能在阴暗空洞的角落里顿悟出真理。玄虚的故事只可聊供谈助,天下没有无中生有,不从古典传统延续,不借现代刺激,不需突破当代的程式,就自然成功的文学。

所以我和你谈现代文学。

所以在我们修养和学习的过程里,必须肯定阅读新文学和当代的文学。

我说我抽屉里有一张短短的单子，记载了五四直到四十年代末期比较值得我想到的一些人名，包括诗人四五个，小说五六家，散文三四家，和一两个剧作家，就是这么多而已。虽然有时我觉得应该扩大这张新文学的名单，但反反复复，总是掩卷叹息者多。即使是这张名单里的人物，在那三十年间突出于中国文坛的豪杰，也时常让我觉得瑕疵互见，尤其在不同心情下重读，时常产生惋惜和遗憾，甚至产生一种爱莫能助的感觉，当我认真分析他们作品里不断流露的缺陷的时候。纵使如此，纵使我往往不能完全服膺那一辈人物所遗留下的文学，经常怀疑他们在材料的选择、结构布局、格调音色或文字锻炼方面的问题，我因为长期思考着他们时代的限制和要求，遂肯定对他们保有一份不移的敬意。我从来不敢以一己的好恶，不敢以后设的尺度，过分自信地对他们横加指责。我相信他们代表了那三十年间中国新文学摸索突破的成绩，而对我们这些继起的有心人说来，同情的解析和理解，比任意嘲弄更迫切。

以诗人和散文家为例，据说那一代的佼佼者也多于文字句法和辞藻方面出问题。这本来毋庸置疑，但因为这些年来我曾无心遭遇到一些健笔所施之于那一代的辱没，因为他们反复提出那一代的文字问题并且痛加挞伐，同时显露出沾沾自喜的颜色，我就不免觉得这是当代文人过分的倨傲和矫情。当然，文字是文学的根本；一个人使用文字必须准确、洗炼、纯净，才能有效地创作他的文学。然而那三十年间的作者心思走向和我们也还有些不同。他们热心把握白话文的原则，要以那犹在奋斗成型的媒介表达他们对国族社会的爱与责难，而其实他们个个了然于心，以文言写作对他们说来比用白话文是简单惬意得多了。假如不是为了那充沛的文化使命感，他们何必舍易求难？我读五四到四十年代末期那三十年间的文学，始终认为文字问题应该是末节。即使当他们的文字确实有冗赘不驯的情形，我也将这问题略过。读那些作品的目的是寻觅一代先进奋扬的精神，看他们如何掌握了一种势必有利于整个社会启蒙的艺术媒介，牺牲既得的优雅，迎合时代的要求，参与文学新语言的建设，同时紧紧扣住十九世纪以来那悲戚颤动的全民之脉搏，在腐败危厄的中国世界，勇于割舍牺牲，勇于揭发渲染，目的是要以文学唤醒民族的灵魂，而他们永远是浪漫的、进取的，他们的目标昭然，他们不虚假做伪，他们不无病呻吟。所以说文字，我们以历史的公理回顾那三十年间的作品，自然是末节，而且即使我们真须研究他们的文字问题，也须正面去了解，其实那看来流露险象的文字，正是一代豪杰以心血塑造的风格。

没有它，就没有我们。

你可以猜到我的名单里有些什么人了吧，现在？

你当然可以断定我的名单里不可能有任何鸳鸯蝴蝶派的风流才子。是的，那些人写出来的东西真美，他们的文字美得令人血脉凝固，气为之结。我可以告诉你一个秘密：我在花莲读初中的时候，曾经在课堂上偷阅《玉梨魂》——那是我童年最后的梦魇。以后我耗了许多时间，才终于抛弃了那种"美"。不久前偶然读到其中一段："呜呼，卿绝我耶，卿竟绝我耶！我复何言？然我又何可不言？我不言，则我之心终于不白，卿之愤亦终于不平。卿误会我意而欲与我绝，我安得不剖明我之心迹，然后再与卿绝。心迹既明，我知卿之终不忍绝我也……"厌恶之情，无可形容。

当代的文学我们也不能不予理会。这就回到我刚才对于主张面壁的人的怀疑，因为闭门长虑虽好，总是割舍了切身现实。何况你若是一意孤行，执着地十年不窥牖户，即使出关时志得意满，又怎么能避免捧出来的理论早已被人家公开发表过了，整套暗器早就有了破解的法门，而且连黄口小儿都会？有人鄙视当代文学，认为那些创作不是古怪陆离，就是肤浅幼稚，自然比不上传统过滤下来的著作，遂也不予理会，专心研读老书，相信可以在老书中参解创作的奥秘；又有人独独心仪西方文学，认为只要广泛涉猎十八世纪以降的外国小说，便能炼得他人无从企及的技术，所以不但看不起当代中国人的创作，对五四后三十年间的成绩一概抹杀，更主张古典文学没有用，不好，避之惟恐不及。

当代的文学既然不可不读，如何读它？我们是活在一个忙碌不堪的时代，权宜责任免不掉，而书又那么多，怎么读得完？这些年来我也常常觉得时间不够分配，但其实这种艰难穿梭的生活情调，有时令人得意。也许前人讲的话终于不无道理：努力地工作好像明天就要死，快乐的追求似乎永远都是生。我从你这个年纪开始，就不曾停止过，认真地搜集着、阅读着、思索着当代的文学，并且也吸收着，有时充满了快乐，有时生气。读文学而感到生气，也只有因为它是"当代"使然了。我读这些作品其实多是一种休闲活动，无论专书、杂志、报纸（我每天收到七份中文报），斜倚在沙发上看，或者躺下来，我不但觉得必须看，还觉得愿意看，虽然看完了偶尔快乐，往往还是生气。

看当代的文学宜采取快速浏览的办法。根据我的经验，速读可以很快淘汰每天出现的必然的渣滓，但也无虞忽略真正的好作品。逢到好作品（那种机会不太常有），我会将速度缓下来，从头开始慢慢读它。然而什么是当代人写的，值得我们从容阅读的好作品？

我在寻觅的是具有创意的文学，内容和形式平衡，现实和想象面面顾到，而又不羞涩牵扯，不炫人耳目，有一种明快准确的语法，布置在呼应自然的大结构上，如巴洛克音乐的秩序，又排除了虚假的腔调。这令人喜悦的作品层次分明，然而段落和章节之间往往含蕴表里互为诠释的深度，而且还能自动扩充演绎，使我阅读的心思有点悬疑，但不是恐慌惊悚。我寻觅理智和感情调和的作品，合于人生经验的规则，可是又往往提示着一种我想象不到的精神的，甚至宗教的境界，叫我甘心把自己的爱憎勾销，无保留地接受它在那小尺幅里规定的大世界。我知道这样的作品不可能没有，不可以没有，在我们这样一个文化传统源远流长的社会，在我们这样一个多灾难的，经历了无数风涛打击，血泪斑斑，有记忆，有爱情和怨怒，有歌颂的心情，却又时常必须迫使自己去反抗，有归依的恋慕，却又永远不得安宁休息的现实环境里；在这样一个充满历史的教训和未来的憧憬，一个想以那些因素来勠力点出光明，确定文学和艺术的地位的时代，我们努力为诗的尊荣下定义。通过阅读和创作，我在追求一种真正具有创意的作品，我们的现代文学，恳切，必然。

一九八六·四

外国文学

外国文学的重要性,在最近这半个世纪里,是有点被夸张了。

我揣测外国文学之所以变成当代中国人,尤其那些从事文学批评的人,唠唠叨叨的话题,可能和整个传统文化之"陵夷"不无关系。外国文学一如科学技术,又如自由民主的思想,有人坚信那也正是起中国于沉疴重症的良药。是的,五十年来不乏各种诧异惊人的理论,有人说中国传统文学是腐败无能的,正好像帝王集权政治之不合时代潮流;五十年来到处不乏猛烈的批判、抨击,甚至曲解栽赃,认定国人精神性灵之萎缩,实与古今体诗之格调风韵和忠孝节义的小说戏曲有关。有人进一步主张，既然现实物质学习西方的船坚炮利，扬弃骑射冲锋和刀枪棍棒的武艺，可以救中国，可见传统的诗词歌赋乃至于话本小说之类都应该在排斥之列，唯有十八世纪以后的外国文学值得观看。李杜关马于现代中国人的精神生活没有好处，凡事须到巴尔扎克、詹姆斯那里去找；只有易卜生、果戈里之流才能救中国，韩柳苏黄无与焉。

　　持这一类观点的人，大致说来又可以分成两类。第一类是基本上对传统中国文学颇具好感，并且不乏实际修养的人，可惜他们多不敢表达他们的积学和品味，深怕引起时人讥嘲，遂强颜贬斥其所知所爱，攀附流行的风尚，以为开口"邓南遮"闭口"A.卡缪"便可跻身新学术之列，其实这一类人几乎都是不懂外国文学的，因为他们不懂，便错以为唯外国文学为拯救中国的方法。第二类人反而对外国文学稍窥堂奥，且可能都是受过学院教育，曾经专攻西方文学的本科生，确实对那些材料有点把握；英文以外，他们也粗通一种西欧文字，所以很浏览了一部分好作品。这种人可惜从大学时代就整个栽进了外国文学，没有时间接触中国文学，他们偶尔想到古典传统，不外乎中学课本里的范文，那些许沉淀在记忆殿堂幽暗一角里的骈俪对仗，偶尔就在他们的知识心中蠢动，也并未能突出——久而久之，由于他们自己对这课题理解的浮弱，竟产生倨傲卑怯之心，索性强不知以为知，一举宣称现代中国人，尤其是从事文学的人，不必理会传统古典著作，宜多读外国文学，其实这是因为他们自己只懂一点外国文学，不了解中国文学。

我是多么鄙视他们啊，这两种外国文学之拥护者！他们是虚伪的。傲慢和嫉妒是他们的本色；无知培养的是偏见，自卑滋生了狂妄。

外国文学在他们的宣扬之下，变成一种神秘，好像什么吓人的宗教仪式，或什么稀奇的特效药，只有他们具有那诠释解说的权威，只有他们可以开方供应——殊不知即使那其中带着任何宗教的色彩，我们稍识中国古典的人并不惊讶，即使那其中仿佛有些治病的功能，药味温凉我们在前人的作品中已经体验过了。中外文学的差别不见得如他们想象的那么大。这半个世纪以来，我们看到形形色色的旗号，争相提倡域外的某种文字、某种主义、某种技巧，或者一厢情愿地膜拜着某一个作家、某一部作品；然而每当我们进一步检验，就很为其标题背后实质之贫乏，感到不耐烦。我最怕听人说，某种欧洲文字绝对比另一种文字（例如中文）"准确"；我无法忍受批评家动辄称一个人是什么什么"主义"者，同时我一看到时彦作文自称专擅某种技巧（例如"写实""意识流"），就会感到疲倦。

我们肯定外国文学,我们对外国文学保有一种坦荡荡的态度,一种热心诚实的态度。对于一个有志于现代诗创作的人,唯有这样来肯定,才能寻到可靠的知识凭借、广义的艺术背景、贴切的主题反射,才能够保有完整的现代感,这是我要提醒你的。

这么多年以来,我们已经听多了外国文学如何如何影响中国现代诗的理论。平心而言,这是不假的,二十世纪中国的新诗在各种层面上都受到了外国文学的冲击和启发,尤其三十年来台湾的情形更是有目共睹。我们回顾之余,不免庆幸海运开通后这文学的激荡交流,果然不乏促蹶生机的力量;不但有诗的艺术,甚至包括其他各种文类。我们可以大胆地说:中国现代文学应当贫乏苍白得多,软弱空虚得多,假如不是因为它和外国文学有了强烈密切的接触的话。以诗而论,我时常想象,若非自由诗体(verslibre)来自欧美的冲击和启发,说不定到今天我们都还在陶谢李杜苏黄的掌心里打滚,继承黄仲则、龚自珍、黄遵宪之辈的风气,在各种旧诗格调里吐纳呼吸,而始终创造不出完全属于我们时代的诗文学,这是多么令人害怕的一件事!你能不能想象你今天汲汲努力的,竟是"如此星辰非昨夜,为谁风露立中宵"一类工整的典故和固定感慨,多么可怕!

我们对外国文学的兴趣,大概都是自然发生的。也许是教育理念使然，本来坚实灿烂的古典中国文学编进学校课本以后，不免就失去它原有的吸引力，经过一些专家的注释解说之后，一流的文学作品沦为某些特定意识的负载，到了教室里，怎么能让我们全心喜爱？我的经验是，就在那有一点失望，犹不认输，又十分彷徨的情形下，我"发现"了外国文学，没有专家注释解说，不负载时代特定意识的文学。我的惊奇和倾倒，甚至可以说是迷醉，是无法形容的，但也含涵了一种意志的磨砺，狂热中还有冷静的寻求和追随之心：

> 我已经遨游过不少黄金的领域，
> 造访了许多美好的城邦和国度；
> 我曾经巡回许多西方的岛屿，
> 那里歌者一致效忠的是阿玻罗。
> 人们时常对我提到一广袤的空间
> 属于那眉目深陷的荷马统治之邑；
> 但我从未呼吸到那清纯肃穆的空气，
> 直到这一刻聆听查普曼朗声长吟。
> 我感觉如同一浩浩太空的凝望者
> 当一颗全新的星球泅入他的视野；
> 或者就像那果敢的戈奥迭，以他
> 苍鹰之眼注视太平洋——当所有水手

都面面相觑,带着恍惚的设想——
屏息于大雷岩之巅。

Much have I travell'd in the realms of gold,

And many goodly states and kingdoms seen;

Round many western islands have I been

Which bards in fealty to Apollo hold.

Oft of one wide expanse had I been told

That deep-brow'd Homer ruled as his demesne;

Yet did I never breathe its pure serene

Till I heard Chapman speak out loud and bold:

Then felt I like some watcher of the skies

When a new planet swims into his ken;

Or like stout Cortez when with eagle eyes

He star'd at the Pacific—and all his men

Look'd at each other with a wild surmise—

Silent, upon a peak in Darien.

这比喻多少可以说明我们惊喜的心情。这是英国诗人济慈二十一岁的作品。

一八一六年十月的一个夜晚,年轻的济慈(John Keats)拜访他从前的教师克拉克先生。克拉克取出一本伊丽莎白时代诗人查普曼翻译的《荷马史诗》念给他听,这样你一段我一段朗诵,他们彻夜未眠,直到东方发白。济慈回到家里还是睡不着,乃援笔作此诗,随即付邮寄给克拉克先生。这是一首简洁集中的十四行诗。诗人自喻为宇宙四海的遨游者,本来以为对各种文艺已经有点涉猎,却时常以未能一窥《荷马史诗》(呼吸那古典的清纯肃穆)为憾——济慈的教育颇不完整,对欧洲古典文学理解有限。这一刻通过查普曼的翻译,忽然领悟到那绝高至美的文学,遂产生"发现"的欣悦和亢奋之情,如观察星象的哲人认出一颗新星,又如冒险的航海家在长久的飘泊之后,看到一无涯浩瀚的新洋——两件属于文艺复兴前后最重要的胜事——就此断定此生不虚,而且知道从此再也不虞知识的撷取和典型的认同。很多人都相信这十四行诗是济慈平生第一首值得保存的大作品,此后五年之内他为世人创造了无数璀璨不朽的诗篇,直到二十六岁猝逝乃止。

也许我们接触外国文学的年纪,确实比济慈早得多,所以在那挣扎成长的时代,我们算不上"已经遨游过不少黄金的领域",只粗浅碰到过一些被割裂甚至可能还被扭曲了的中国古典,脱落了一切背景和条件,就那样杂乱地呈现在教科书里,实在算不上什么"美好的城邦和国度"。也就为了这个原因,我觉得当我第一次发现外国文学之真与美的时候,我心中激动感念之情,说不定还超过济慈所谓观星者和航海者的兴奋——至少我当时更产生了一种糅合了悲哀和快乐的心情,一种无可名状的感谢。我本来以为那些官方审订的课本应该没有问题,而那些范文就是古典珠玑之最,所以先觉得必须努力去喜爱它,甚至设法去摹拟;有时我也觉得不耐,不太相信文学就是如此而已,可是既然下了决心想去拥抱它,遂也忍住不敢说,独自酝酿了失望和愤懑,又不想让别人知道。在那小小的年纪,一个人居然要偷偷承担如此错综复杂的心情,于可怜的知识环境里培育一份脆弱的期许,这一切不知道应该怪谁。

所以我说当外国文学偶然为我掀开一页的时候,我狂热地投入那风物、感兴和情节之中,惊喜尚不足以说明我的心情,是快乐和悲哀。悲哀乃为自己在那以前之懵懂无知,却又如此执着认真,说不定还有一点是为那些盲目提供我以破碎的范文,并且因此欺瞒了我少年的文学之心的长辈而悲哀,更可能还因错以为原来外国文学是如此明显地胜过中国古典而感到悲哀。在那对抗的时代,我如此迷惘地尝试着一份郁悒之情,因为一伟大的发现而起,掺杂了无穷的快乐,莫非也因为那一刻心中孕育着我的 wild surmise,大胆的假设,猜测那未来的新天地将为我指出无穷的美丽和真理。

喜爱外国文学，阅读外国文学，并不一定非从原文入手不可。我知道你志不在学术研究；若是为了学术的目的，原文当然更能显出作者的成败——然而若仅只为了拓宽你的艺术视野，以之注入想象和结构方法的活水，则阅读译本也未尝不可。济慈之初窥荷马领域即通过一陈旧的英译本，这无损青年诗人的欣喜和热心，照样教他感到心神投入，提升了他对诗的向往，以及追求的意志。不要以为你认识的外文太少，就没有权利接触外国文学；你应该掌握任何使你产生欣喜和热心的翻译作品，放胆阅读，遇到艰难的历史和地理背景，或者宗教哲学问题，查不查参考书都没有关系，不必太在意。其实你甚至还可以利用那些历史资料，凭你诗的想象力，创造一个你认为可以接受的系统，让那些事件在你猜测的地理背景上发生——wild surmise——并且摸索那宗教和哲学的神髓，即使弄拧一二，也是创作想象力的一种磨炼，而阅读外国文学更变成一种诠释大荒的经验。错了没有关系，有一天你会找到机会修改以前犯的错。

就是为了这个目的，你在阅读吸收的时候，同时也正是试炼你创作能力的时候。我有一个朋友喜读若瑟夫·康拉德（Joseph Conrad）的小说，也爱听布拉姆斯（Johannes Brahms）的音乐。有一次他意兴风发地说，每次他听布拉姆斯的D大调小提琴协奏曲（*Opus 77*），都会想到马来西亚的热带情调，发亮的马六甲海峡，因为他联想到了康拉德的小说（大概是 *Lord Jim* 吧），于是他就自得神秘地在胸臆里布置起一种完全属于个人想象的异国世界，听任各种文学的细节驰骋、接触、对抗、和解。这是健康的艺术家情怀，无所谓对和错。我另外一个朋友最喜欢读一大本一大本俄国小说，他说理由之一是他时常为那些小说人物的名字入迷，又长又乱的人名，例如《安娜·卡列尼娜》，他说，本身就具有炫耀的吸引力。有一次他对我说他并不喜欢《静静的顿河》这本书，但这书名太好了，所以就爱之不忍释手。我问他顿河在哪里，他茫然说不出来。这也没有关系，能够在这些外国文学的译本里获取想象激荡的快乐，正是我们阅读的目的，何况如果认真以学术尺度去追究的话，上面那首济慈的诗就有个大问题。济慈自比这一刻初识《荷马史诗》，这"发现"正如戈奥迭之发现太平洋，可是事实上发现太平洋的不是戈奥迭，乃是巴奥伯阿（Balboa）。

我们是下定决心把外国文学（尤其是通过中译本来把握的外国文学）当作一件新素材，不是学问，而是资料。在那些诗文小说戏剧之中，我们泛览遥远而神奇古怪的世界，那些现实和精神的世界，体会迥异于我们的社会价值和道德伦常,并于其中探知一些共相,增加我们对文学艺术之可能为普遍真理命题的信心。这一切何尝不是潜默缓慢的?这一切对我们的扶持教养竟于无形中完成。有时我们从外国文学摘取某种新颖有效的语法,一些充满特殊风味的辞藻和语气,加以摹仿转化,应用于我们的创作之中,未始不产生技巧的突破,这是尽人皆知的。若非翻译作品的刺激,今天的中国白话文绝对不可能如此丰盛富饶,而且变化多端,何况我们还都知道,有些笨拙的译品,纵使题旨对现代诗无所启迪,那匪夷所思的章法结构,有时也为我们提供了某种惊喜。像这个方式铺叙的章法,传统中国文学里便不可能出现:

> 这是要应验先知的话,说"我要开口用比喻,把创世以来所隐藏的事发明出来"。当下耶稣离开众人,进了房子。他的门徒前来说:"请把田间稗子的比喻讲给我们听。"他回答说:"那撒好种的,就是人子,田地就是世界;好种就是天国之子,稗子就是那恶者之子。撒稗子的仇敌就是魔鬼,收割的时候就是世界的末了,收割的人就是天使。将稗子薅出来,用火焚烧——世界的末了也要如此。人子要差遣

使者,把一切叫人跌倒的,和作恶的,从他国里挑出来,丢在火炉里,在那里必要哀哭切齿了。那时义人在他们父的国里,要发出光来,像太阳一样,有耳可听的,就应当听。

(《马太福音》第十三章)

如果我们不读《新约圣经》,不将那书当文学来欣赏领会,我们如何接触到这样奇绝妙绝的文字?奇与妙,于文字语法之中,有时已经独立地接近了一种诗意。纯净而抽象的艺术品,往往使我们忘了它领先的宗旨或背后的奥义。

边·江森(Ben Jonson)为莎士比亚(William Shakespeare)戏剧集作诗序,以钦慕的口气指出我们的大诗人"只识得些许拉丁文,希腊文更微不足道",然而我们现在可以推断,粗浅的外国语知识和一知半解的古典文学,可能就是莎士比亚戏剧之所以独见创造性,可能就是它新奇有力的原因吧!何况本国古典文学是任何诗人工作的根基,他的文化传统和社会要求,自然比外国文学之有无更重要。亚里山大·颇普(Alexander Pope)论文学品味,曾经说粗浅的学问是有害的,一个人就须认真博学,否则索性别碰书本,以免下焉者掉错了书袋,上焉者为古人所误。这话若专对批评家言,当然不无道理；若是对诗人而言，恐怕还有可疑。要之，立志为诗的人是必须读书，但是不是一定要像那些做学问的人一样把书"读通"，我就不知道了。五柳先生"好读书，不求甚解"，正是我们读外国文学的方法所在。他"每有会意，便欣然忘食"，所谓"会意"，岂不就是一个人私自凝紧那 wild surmise 以经营精神境界的体验？听布拉姆斯的小提琴协奏曲，心中浮现闪闪发光的马六甲海峡、白色的沙滩、绵密的橡胶树。这就有点意思了。

一九八六·七

社会参与

很久没有你的音讯,心里时常怀念。再一想,莫非是因为我一直不曾给你去信,你大概也在等着我吧?反复思索,只能这样猜测,何况你也许早晚介入许多别的现实,来来去去,近来并不在乎诗以及和诗有关的问题。

假如你问我近况如何,我真的有话可说了:时间过得好快。是的,近来我发觉时间过得真快,是一大截一大截以星期计的,像八匹骏马齐步狂奔,朝那不可思议的方向赶去,不知所为何来。转眼间秋深如许,叶子扫了又扫,使人废然产生无可奈何的感慨。今早坐下想:"很久没有你的音讯",并不是没有来由的。古人怀友曰:"三夜频梦君,情亲见君意。"想想应当是你踯躅入我梦来，提醒一些往事是非，一些期待和向往，一些承诺，关于诗的承诺。落叶在廊下滑动，风起的时候。否则难道是我自己就枕去追寻的吗？那更无可能。

我们上一次通信的时候，你提到诗和社会参与的问题。我对这个问题很感兴趣，因为那是我这些年来无时或忘的一件心事——如何以诗做为我们的凭借，参与社会活动，体验生息，有效地贡献我们的力量，同时维持了艺术家的理想，而在某一重要关头，尚且全身而退，不被动地为浩荡浊流所吞噬，或主动地变成权力斗争的打手，为虎作伥，遂失去了当初所谓参与的原意。你看我一路检验下来，是不是有点吃惊的感觉？不要以为我故意将这件事讲得很危险——我不特别渲染一个课题以混淆你的视听。但被动主动，我们一旦介入，则为了换取另一种身份的认同就牺牲了诗，这可能性是极高的。我还是这句话：参与是应该的，而只要你知识良心存在，参与是不难的；唯全身而退端看智慧和决心。

这是说，在我们关心范围内，所谓社会参与原指一个诗人在创作活动中选择题目，斟酌体裁，是否有意和当前社会问题乃至于政治风云互为牵涉。这是说，诗人唯诗为表达他精神和感情的手段，唯诗可资凭借，再无其他。在这前提之下，我们听到一些要求和责备，因为有人觉得眼前的现代诗风，未曾以政治社会为关怀的中心,诗人向来很少直接执笔粉饰或批判现实问题,反而时常为一些和民生甘苦无关的私事费神;言下之意,似乎是说军士本来应该执干戈以卫社稷,却掉转矛头,摇动社稷委付给他的武器去从事不法行径,以饱私囊,而诗人之抒自我胸怀,处理的主题又不与公共事务挂钩,其自私自利如腐败的官兵,是非常可议的。持这观念的人,志行非为不高,只怕是眼界狭窄了一些,正如白居易谈诗的效用,总忘不了讽谕,忘不了诗的 Journalistic purpose,否则他怎么会说出这样一席话呢?

> 又诗之豪者,世称李杜。李之作,才矣奇矣,人不逮矣!索其风雅比兴,十无一焉!杜诗最多,可传者千余首,至于贯穿今古,觇缕格律,尽工尽善,又过于李焉!然撮其《新安吏》《石壕吏》《潼关吏》《塞芦子》《留花门》之章,"朱门酒肉臭,路有冻死骨"之句,亦不过三四十首。杜尚如此,况不逮杜者乎!

这就是我所说的"一些要求和责备",诗之豪者如李杜犹不能免,原因其实非常简单,论者太以个人的概念为唯一的真理,太珍惜个人设计发明的尺度,其结果当然"十无一焉",不但李杜的诗出问题,连他自己的诗也出了问题:"今仆之诗,人所爱者,悉不过杂律与《长恨歌》以下耳;时之所重,仆之所轻。"

以诗的形式作社会报导、政治评论或宗教宣传——这些并不是完全不可行,我们读文学史,知道诗人通过这个方法还卓然能维持那作品的艺术格调的并不是没有;我们看诗人为后世留下璀璨的《上林》,冷肃的《思旧》,尖锐用情的"Lycidas",以及沉痛思索的"Easter, 1916"。当然我忍不住就提出"卓然能维持那作品的艺术格调"为这一切的前提,而我们知道要具备那条件,就不是一味挂钩所能办到的。这几首诗的设计和锤炼,使我相信它们有可能就是不朽的,而且使我相信"三吏诗"固然不朽,即兴的"两个黄鹂鸣翠柳"何尝就不会不朽?说来说去,我只是要重复一点,好诗的立足广大,以诗做为社会参与的手段并非不可能,但也并非定要牺牲艺术的目标。然而社会参与绝不是诗的唯一效用。

这些年来,我无时不在思索这问题,诚实地说,这其中并非没有两难之难。艺术求长远广博,希望放诸四海皆准,社会参与快速把握时效,这个地方的大事可能是全世界其他地方的小事,倏忽嚣张,为这目的所作的诗效用当然也很短暂,与"永恒"无缘。

我们怎么肯写诗如制作标语口号,如设计醒目的广告,如为了煽情的标题而牺牲真实?我们当然不肯。你可能问我：难道以诗参与社会便一定牺牲真实吗？我所谓真实，指的正是"诗的真实"（poetic truth）。在这个论题之内，我可以说：是的，它时常迫使我们放弃了诗的真实。诗的真实是艺术想象和哲学思考激荡的结果，通过声音、色彩、点与线的平衡，捕捉到美以为作品定型，并且在那范围里呈现了真——所以说：

> 美就是真，真即美——那是人间一切
> 你所知，也是所有你需要知道的。

> Beauty is truth, truth beauty—that is all
> Ye know on earth, and all ye need to know.

我觉得为新闻时效所作的诗，心中先横一读者的形象，艺术想象薄弱，哲学思考荡然，技巧多为妥协而设，美是不存在的，所以我们可能有效地传达了像告示所亟于传达的讯息，却没有创造出诗的真实，何况我们这样传达出的讯息最多仅仅一天有效，像过时的告示，天明以后马上被新出的告示掩盖起来。

我知道你以诗自许，你所自许创作的当然不是这样瞬息便化作云烟的诗。

我知道你关怀社会，甚至对政治趋向也非常注意；

你当然不是以艺术的表象之美为满足,你不是一个甘心自我禁锢的人。

然则我们比较倾向一个调和的方法。诗我们要,社会参与和民生关怀这一切我们也绝不能免。我听说过一个理论,主张我们要掌握更多的文类,以客观适当的文类表达后者,而(在可能的范围之内)保留诗的特性,让它冷静或激情地独立于某些题材之外,永远存在那里,做为我们文字生命的"前者"。不过在实际工作上,这是否可行,还颇有值得怀疑的地方——真要使诗脱离一些题材,只处理另外一些特定的题材,谈何容易!这似乎不可能的,或许应该还有别的办法。读宋诗,常常发现后人的批评并非没有道理:宋人的诗多是理性发展的过程,枝干峥嵘,独少见感情流动,看不到诗的花朵,比起唐诗来是质朴笨拙得多。我思索这个问题,找到一个初步的答案:宋朝大诗人掌握的文类特别多,便将题材严密地分出去了,例如欧阳修,他"为圣人立言"是一种文章,而史书、策论、奏折、表状、序跋、论说、赋铭、墓志等等无不各为一种文章,余下的是诗词,于是进一步分为枝干峥嵘的古体诗,渐渐解放了的近体诗,以及感情用事丰采婉约的词。

要之,他们早就发现文类体格与主旨题材之间须有一种必然性。散文杂著的探讨对象是一种,歌赋诗词又是一种，这是截然可辨的。若要勉强以诗论事，古体能企及的大略如此："火数四百炎灵销，谁其代者当涂高，穷奸极酷不易取，始知文章基肩牢。"同样写细雨，近体律诗咏秋怀如此，"西风酒旗市，细雨菊花天"；《采桑子》词讲的却是春残，"垂下帘栊，双燕归来细雨中"。同时诗词，尚且有这么大的分别，一定要以韵文强论政治问题以参与社会，岂不甚难？

我正想掌握多种文类以处理不同的题材，以这个境界为学术和创作的调和，并希望借此安身立命，俯仰无愧完成一生的工作。

这是非常艰巨的工作，一种挑战——幸好它是我们的"自我挑战"，无非是因为我们在理想上有所秉持，不但要充分发挥我们的艺术想象，以美的完成追求诗的真理，而且还为平凡知识分子的责任感迫击着，环顾左右，眼有不忍见者，耳有不忍听者，在这样一个公理正义几乎都已经衰颓败坏的时代，中夜扪心，怎么能不披衣感奋，觉得无论如何，无论我们是否已经追求到永远的诗的真理，还必须调整笔锋，以某种更直接朗畅的方式参与社会问题的批判——是的，你既然是诗人，也是一个弘毅的知识分子，你怎么能置身度外？

这是磨炼，在光阴递嬗之中探知自我扩充的最大限度。这样绝不蹉跎，和时间并行成长，不断的成长，在老去的过程里肯定新生的血肉和神经。我们要以敏锐的眼光观察人间，以聪慧的耳朵谛听社会，思索它，判断它，挞伐谴责，或者（假如幸运的话）赞颂它。这些是我们诗的素材。诗之所不能或不愿企及的，我们将以有力的散文为之，将天地间自然的和人为的是非，无保留地暴露出来；若是我们心存公理和正义，若是意念能与神明相通，这一切工作就必然将更厚植我们做为诗人的信心，净化我们的企图，凝聚我们的使命感。

米尔顿（John Milton）二十九岁时写尖锐用情的《里西达士》。他借题发挥，以一首古牧歌体的挽诗延伸出去，对教会提出了批判。在十七世纪的英国，教会是一切生死势力的堡垒，所以青年诗人在诗里所表达寄托的便可想而知。又过了若干年，他欧游回国以后，国会通过了一项出版物审查法，规定没有政府执照的著作一律不准印制。米尔顿显然断定这题目所牵涉的事情无从以诗表达，遂以散文的形式写小册子《论坛刍议》（*Areopagitica*），旁征博引，强烈要求政府还人民以言论自由。此后他花了许多时间和精力参与政治社会及宗教文化问题的辩论，以文字和实际工作为之，甚至双眼盲了以后还不停止，直到最后那十年才付出生命全部，完成了他不朽的《失乐园》《复乐园》，以及《参孙斗力》。我想在他积极参与社会的年代里，他也思索着那些长诗的前后。"这一切工作就必然将更厚植我们做为诗人的信心,净化我们的企图,凝聚我们的使命感",我所指的无非如此。

文类的选择正是我们创作的预备,当下决定了以后,努力追求其完美,使得形式和内容互相配合,这是任何人都不能漠视的大原则,在文学创作的领域里。米尔顿在《里西达士》里以诗的形式悼亡,并批判现实;在《论坛刍议》里以散文正面介入政治社会问题的检讨;他最后的《参孙斗力》看似一种神话世界的逃遁,悲剧的升华,其实米尔顿通过对于基督英雄雏型的认识,指出个人和外界的冲突,以及解决之道,生死勇气与力的象征,割裂的时代如何接受永恒的伦理价值——这一切虽然已经超越了现实世界的关注,企及抽象的美,为诗的真实下定义。虽然如此,当我们思考盲者米尔顿一生的艰厄,想到他以个人的智慧对抗着海内外无穷的困扰,内心和外表的侵蚀摇动,我们发觉所谓社会参与的最高层次竟是这份悲壮的与汝俱亡的精神,"我情愿与非利士人同死"(《士师记》第十六章)。

> 说吧,他凝聚筋骨,头朝下。
> 仿佛千山震叠,随那禁锢的
> 天风和流水之势,他拉扯摇晃

那两根巨大的柱子,在狂乱中
前后摆荡,直到它们倒了下来,
并拖垮整个屋顶,其声如雷击,
压在底下杂坐众人的头上,
显要,贵妇,财阀,谋士,僧侣,
他们最上流的精英,不但这些,
还有来自远近各个非利士城邦
为这盛会恭谨助祭的人。
参孙在这骚动之中,终于不免
也把毁灭带向一己之身,
唯庶民站在殿外者幸免。

This uttered, straining all his nerves he bowed;

As with the force of winds and waters pent

When mountains tremble, those two massy pillars

With horrible convulsion to and fro

He tugged, he shook, till down they came and drew

The whole roof after them, with burst of thunder

Upon the heads of all who sat beneath,

> Lords, ladies, captains, counsellors, or priests,
> Their choice nobility and flower, not only
> Of this but each Philistian city round
> Met from all parts to solemnize this feast.
> Samson with these immixed, inevitably
> Pulled down the same destruction on himself;
> The vulgar only scaped, who stood without.

有时候诗还是要这样读的,拿它和诗人的精神动态及现实经验相印证——有时候诗就是以这种刻意方法创作出来的,谨严缜密,多有不足为外人道者。即使当叶慈以这个方式拈来一首短诗的时候,我们反复细看,言外所表达的难道不也是一种参与吗?《有人要我写一首和战争有关的诗》:

> 我想在这种时候诗人最好还是
> 将嘴巴闭起来,因为事实上
> 我们并无天分可资纠正政治家也者;
> 他向来参与不少,一时颇能取悦
> 慵倦青春年华里那么一个少女,
> 或蟠然一叟,在冬天的夜里。

I think it better that in times like these

A poet's mouth be silent, for in truth

We have no gift to set a statesman right;

He has had enough of meddling who can please

A young girl in the indolence of her youth,

Or an old man upon winter's night.

一九八六·十一

闲　适

近来常想到一件旧事。

多少年前当我还是一个大二学生的时候,在人语稀落的大度山上看书、走路、听课、发呆,不知道明天太阳升起来又怎样,若是下雨了又怎样。有一天我从相思林里钻出来,过木板桥,又沿山坡入林,春末的阳光宣泻山头,芳草堆里似乎仰卧着一个人。我趋前探视,原来是一位从台北到东海来兼课的诗人。我问他胡为乎独处于此无人之境?他谦和说道:"享受大度山的宁静悠闲。"原来他每两个星期自台北搭火车上山一次,当晚授课二小时,隔宵晨间又授二小时,午后遂下山北返。这时正在晌午前后,特意带着一个小木子四处探幽,没想到被我撞见。

"宁静悠闲?"我问。

"宁静悠闲,"他答,"我都不觉得。"

"你若是住台北就会觉得,大度山的宁静和悠闲。"

事过这么多年,我还记得树叶光彩,太阳像珍珠一样透过相思林洒满山坡,干燥的绿草地上吹落了几瓣迟萎的桃花,不远处矮树丛里传来数声鹁鸪低呼,再无人语,周围是安宁静谧,难怪诗人就选择了这一块小天地来徜徉,挥霍一些时间,享受闲适。

现在我们承认宁静悠闲,或者说那种闲适的感觉,是难得的人生福分,然而我们恐怕忘不了原来这些正是基本人权的一部分,是天赋的,有一天竟然失落于我们无穷的营营苟苟之间,和别的许多好东西一同亡逸于无形,半来自外界的压力,半来自个人的愚化,人云亦云,随波逐流,甚至以为当兹举世滔滔之际,侈言闲适还有点惭愧。我已经和你谈过参与介入以服役社会的问题。现在应该换一个角度,让我们想想闲适的重要。

往往,应该就是这样的,诗心的成熟有待时光悄悄体贴的温暖,在简约朴实的风气中,我们绝不恐慌,绝不焦躁,迟缓安祥地面对一些不太要紧的动静,桂花落,月出,山鸟惊起扑翅,继以静止,仿佛象征了什么,诠释了什么,却又仿佛什么都没说。敏感丰满的诗心遭遇那些，又仿佛什么都没碰到，听任宇宙万物随缘变化，好像是隔绝疏离的，可是又好像紧密地和它交替感应着，只是一时还看不见任何运作的现象，似乎是沉潜冷漠的，而我们犹豫四顾，不在寻觅什么，毫无戒备，毫无企图。就是这样闲适地，满足于某种倦怠、慵悃、懒惰，至少表面上看来，我们连自卫的情绪都没有，神态悠然，意思萧散，只见声色纷纷通过，却无一件闲心。

人生有时应该就是如此。我只能说到这里，虽然有人可能以为人生最高的境界委实如此。

不过，有一点我们现在必须认真想想的：太忙了，太紧张了，太关心了，为了巨大的对于文化和历史的责任感，更因为眼前政治社会现象的反动、病态、腐败，我们是长时间处在忧患和愤怒里；或者也有悲悯的一刻，而松弛的悲悯正是我们唯一可以获得休息的时候。疲乏，失望，然后精神和体力渐渐恢复，又开窗外望，举目所见都落入关心的范畴，于是介入，于是参与，有时甚至搁置一件文学的创作，认真思索人间之所以毁坏，道德之所以沦丧，徒然焦虑，迁就艺术的本质和面貌以批判现实，终则发现自己有时难免就像那衰鄙的魔侠吉诃德，骑在瘦马上，挥舞一柄愚蠢迟钝的长枪，不知道这一切所为何来！

你再三强调诗是你追求的目标，而且完全了悟人之所以慨然作诗，一方面固然是为了充分表达自己，一方面也为了服役人间社会。我们都不是孤立的。诗人之不孤立，犹如其他任何行业的营生者，我们从来不认为这选择进出包含了什么特权，虽然我们并不轻易放弃所谓"立法者"（legislator）和"先知"（prophet）的自许，唯其因为我们保有这一层觉悟，我们汲汲于诗的创造，并且绝不让我们的诗流为瞬息有无的泡沫。我们要求我们的作品精致、完美、有效、长久。倘非如此，也就无所谓立法者和先知了。可是工作的目的并不是为了工作，工作的目的是为了享受那工作完成之美。一生为斗士，实在不如半生为斗士，半生为隐士；更又不如一生所过处处光风霁月，没有眼泪血腥，没有怨怒呻吟，就像古人书上所模拟的乐土——爰得我所！

然而这些又如何可能？

这个时代其实并不是斗士的，也不是隐士的时代。狂狷两端都不一定值得欣赏。如何做好本分的工作，并以那工作自满，坐下来闲适地回味整个过程的甘苦，仿佛无所用心，看山泉流注深谷，绿枝摇破迷雾，小花点点在风中颤抖，看一块苔石、一根新笋、一只松鼠，没有利害关系，在这当中获取诗的慰藉，或者更进一步说，在这当中获取诗：

> 兹有一物焉，使吾人超然于利害之外而忘物与我之关系。此时也，吾人之心无希望，无恐怖，非复欲之我而但知之我也，此犹积阴弥月而旭日杲杲也，犹覆身大海之中浮沉上下而漂着于故乡之海岸也，犹阵云惨淡而插翅之天使赍平和之福音而来者也，犹鱼之脱于罟网，鸟之自樊笼出而游于山林江海也。

王国维论美术的超然功用如此。他又说：

> 然物之能使吾人超然于利害之外者必其物之于吾人无利害之关系而后可。
>
> 易言以明之，必其物非实物而后可。然则非美术何足以当之乎？

他发现人间处处存在着对立的利害关系。唯有天才始能破除其对立，将大自然的"山明水媚，鸟飞花落"以及人类的"言语动作，悲欢啼笑"复现于美术中，使一般人可以摒除原生的利害关系，加以欣赏。

他所谓"天才"虽不一定指我们，但宜乎是我辈中人，尤其像你这样隽秀清发，刻意思考的青年诗人，你应该就是他心目中的天才。

诗人需要一些精神松弛的时候，一些忘却利害关系的时刻，总之，他需要一些闲适。王国维说："是故观物无方，因人而变。"诗人要像庄子惠施看视濠上之鱼，产生无所谓是非的思辨之乐，不必急于结网。是的，就是那样一种有知无欲的心情，面对客观世界，在可能的情况之下，把握闲适，甚至设法扩大闲适的时空，延长到无限，使我们喧嚣的现实也转变为华胥之国。这说来像是不可能的，其实正是我们理念情绪的追求；这说来又像是一种逃避，也许有人会凛然指控。

这不是逃避。濠上思辨鱼乐与不乐的人，固然不是渔夫，不以网罟径袭无所谓乐与不乐的鱼，但谁能断定那即时通过体力劳动来表达他生命程序的渔夫，就一定是介入的，谁又能断定不结网捕攫的人，就一定不是介入的？千年以下，我们始终知道庄子与惠施游于濠上，悠闲散步，必然是没有预谋的，当他们观鱼的时候。没有预谋，没有打算，没有欲望，没有忧虑，这是他们的精神和心境。这时，宇宙间对立的一切"利害"关系隐去，遂能教两颗无限活动的心有力地运作起来，探索着自然和人生的交会点，各以他们当下的感情发为言辞，互相诘难，为哲学之美追逐彼此的思想，却又不是为了打垮对方的理论，不是为逞口舌之勇。所谓哲学之美本有一自足完满的天地，增之不能加，减之不能少，而且可能还是无从描述的，盍兴乎来，唯有体验者才能深知其奥妙。诗人是哲学的体验者，诗自身就是一种不灭的哲学之美。

一个有勇气摒弃现实利害，一个有知无欲，亟于思考抽象，并且在其中寻找美和智，一个能够充分使用他的想象力以诠释客观世界的人，虽然步履散漫，终不能说是一个没有目标的人，则他面对现实的态度，又何尝是逃避？他在掌握那悠闲的时光，积极有效地使用了那悠闲的时光。他不是倦怠，不是慵悃，不是懒惰，虽然表面上看来如此；他不是逃避，他在追求。

他在追求美丽和智慧，他追求艺术、真理。他在追求诗。

而这些都需要宁静和悠闲。

宁静和悠闲何尝易得？读古人书，觉悟除了极少例外，那些知识分子真忙，倥偬游宦煞有介事，为圣人立言煞有介事，作诗填词亦复煞有介事。我们进一步从文学上参详，称知一个诗人事事不能或免，则如何安排时间，平衡情绪，正是他将变成一个优秀诗人或平庸诗人的先决条件，何况即使在最自以为无所求于人的时候，往往还身不由己，有时祸从天降，不是个人所能如何的。我们不相信隐逸是诗的最佳条件；我们既要入世，又要出世，在这熙攘天下之内，确实不太容易。这又使我想起苏东坡了。

东坡一生活了六十六岁。读年谱，我们发现这人一生真忙，从二十二岁开始，几乎没有真正"安定"过。三十岁以前固不必论，以后左右迁徙，无有宁日，又一贬黄州，再贬惠州，最后还被贬到海南岛的琼州。我们想象他这样的一生如何追求诗和艺术之美？但东坡正是最能够自我冲淡的人物，得意的亭台楼阁固然是诗，失意的穷山恶水也是诗。他一生做了很多事情，而据苏辙所撰墓志铭，死后"有东坡集四十卷，后集二十卷，奏议十五卷，内制十卷，外制三卷"，其中好像不包括长短句。我们假如把上面那八十八卷里的文学作品挑出来，加上那三百四十首东坡词，以及续集所见的材料，就发现他一生的文学累积是惊人的，好像这人除了作诗填词写文章以外，什么事都不曾做过，否则怎么有那么多时间和精力？我翻阅他一首古诗，似乎发现了他创作的奥秘。

宋神宗熙宁四年（一○七一）四月，苏东坡三十六岁时因为论政得罪王安石，自请外任避之，遂通判杭州。他六月启程，和苏辙同过陈州，十月到颍州谒欧阳修，又出颍口于枫叶芦花间至寿州，续行抵扬州，经润州及苏州，终于十一月二十八日到达杭州。我把他的路程记下来，是为了强调其倥偬。他这一趟走了将近半年，是因为路上不免游山玩水，拜访旧识和新知，虽说是倥偬，倒也有它闲适的一面，处处留下新诗。"长淮久无风，放意弄清快"。然而这一切和他到杭州以后的一件快事比起来，又不算什么了。

东坡十一月二十八日到达杭州，过三天即十二月一日就游孤山访僧惠勤和惠思，有诗云：

> 天欲雪，云满湖，楼台明灭山有无，水清石出鱼可数，林深无人鸟相呼。
>
> 腊日不归对妻孥，名寻道人实自娱。道人之居在何许？宝云山前路盘纡。
>
> 孤山孤绝谁肯庐？道人有道山不孤，纸窗竹屋深自暖，拥褐坐睡依团蒲。
>
> 天寒路远愁仆夫，整驾催归及未晡；出山回望云木合，但见野鹘盘浮图。
>
> 兹游淡薄欢有余，到家恍如梦蘧蘧；作诗火急追亡逋，清景一失后难摹。

我们可以想象他初到任所，公务一定繁多，何况这一天又碰上腊日，家中例须祭祖，私事也不能不办。就在这公私两忙的当口，诗人决定溜出去享受点自我的闲适，想起欧阳修提到过惠勤，而王安石也曾赠诗惠思，所以就悄悄过湖上山，"名寻道人实自娱"。这一趟出门"淡薄欢有余"，无非都因为那短暂的抽身使他敏感觉出季节的运转，岁暮凛寒，又接近了烟云山水，游鱼和啼鸟，一时脱离了人世间许多现实纠缠，仿佛寻到了个人的宁静和悠闲，接近了自然。自然是他的慰藉，身心的休憩，道人和庙宇也许可以提供某种启迪，但往往只是托辞。慰藉和休憩来自闲适的感觉，对于一个忧患忙碌的知识分子，大自然更激发诗思，沿着道人和庙宇的形象发展。东坡这首诗明白指出，抛却公私事务的目的是为了拜访两个和尚，拜访和尚的目的是为了接近山水，接近山水的目的是为了追求闲适，而追求闲适也还只是手段，作诗才是终极的目的，"作诗火急追亡逋，清景一失后难摹"。

所以他天黑到家，"恍如梦蓬蓬"，心神惊悸，遂坐下，想以写诗的方式来祓除那奇异的感觉。下笔之初，他几乎不知道该写些什么，随意着墨，造成了一个三三七的句式；"天欲雪，云满湖，楼台明灭山有无"何尝不若"车辚辚，马萧萧，行人弓箭各在腰"？可是又像"蘋满溪，柳绕堤，相送行人溪水西"，差一点就调寄"相思令"，想想委实不妥，和主题产生扞格，赶快一转，"水清石出鱼可数，林深无人鸟相呼"，终于回归古诗体貌，就此顺流而下，而以当下的工作情况为结，真所谓"行云流水，初无定质，但常行于所当行，常止于所不可不止，文理自然，姿态横生"。

闲适是不能没有的。想想一个敢思考勇于任事的人，"长恨此身非我有"，若又多了一层对于释道的领悟，不免时常觉得人生如此，真是所为何来！东坡在黄州作《赤壁赋》自遣，于挫折侘傺处故意讲些解脱之道，渲染闲适的生命情调，这是大家都看得出来的。赋成后，有朋友差人来求近文，就亲自写了一张捎去。写完后中心忐忑，附小字注曰："多难畏事，钦之爱我，必深藏之不出也。"怕敌人拿他的文章当借口，继续迫害。这是苏轼作为一个"公众人物"（public figure）之难处，那种得失之患甚至侵袭了他的诗心，所以他《题崇寿院壁》五律有过这样的句子："奔走烦邮吏，安闲愧老僧。"我宁愿看他时常于百忙中溜出去，正是我心目中大诗人本色。想想看，"腊日不归对妻孥，名寻道人实自娱"的心境，当然远远超过"痴儿了却公家事，快阁东西倚晚晴"。苏东坡之所以胜黄山谷，于此可见。

我们太在乎环境，对于周遭事务毋宁是充满关怀的。我们知道诗人正是广义的知识分子之一，具有确切的使命感，声声入耳，事事开心；当然，若非如此，诗的格局和气象恐怕总小了些，血色肌理也恐怕是衰弱浮淡的。然而，长远不断的精神紧张终究可能蒙蔽了知识的洞识和良知的判断；自囿于偏见、愤怒和顽冥，何尝便能成就一个诗人，一个完全的知识分子呢？艺术的善意和美，艺术的真实是我们所追求的，在诗的宇宙里构架营筑，牵涉渲染，阐扬发挥。诗人所能掌握的是这些，以文字，以声色，在反求诸己的过程中去发现。焦虑和愤懑虽不一定能免，那终于并不是崇高文体的基础，而且可能是文学流于暴戾的原因之一。我们需要宁静和悠闲，时常，需要完整的冷漠孤独，面对自我超然的灵魂，靠近它，触动它，鞭策它，珍惜那磨难的过程，萧散悠然，无见无闻，纵使在别人眼里我们竟好像是慵懒困顿于闲适状态里的，其实我们正在积极不断地工作。

一九八七·二

形式与内容

　　几个月来一直不能释然，耿耿于怀，是因为欠你一封信。大概是去年初秋吧，我收到你遥远寄来的诗稿，和那情怀深美、思维隽秀的长信！现在坐在冬雨的窗前，想到当时的喜悦，又将心绪推回灿烂的秋天，高树上的叶子刚刚开始转变颜色，淡红和浅黄衬在大片浓绿里，风照样吹过书房外的雨廊。

　　我一直在工作，从这张书桌搬到那张书桌，尺幅里的情节前后摇摆、断定、渲染、沉寂，然后将一叠墨渍初干的稿纸拾起来理好，顺手拿一块墨西哥玉镇压住，开门走进后院。就这样持续地，重复一些生活琐碎，能够以笔墨抒写的，能够用修辞原理表达的，竟只有那么

多;反而许多意兴大小,都潜伏到了精神的深渊,久之更好像——溶解,变得不可理会了,好像已经不再属于我了。于是冬天就来了:

> 就有那么一条倾斜的光,
> 每每在冬之午后,
> 压迫着,沉重如
> 大教堂管乐的声调。
>
> 那伤害是神奇如天的;
> 我们看不出疤痕,
> 只是内在有些异象
> 点明了后果症状。
>
> 谁都说不得,没人知道——
> 是一封烙印,是绝望,
> 一种华美的沮丧
> 从天外飞来。
>
> 当它到临,山水倾听,
> 影子们屏息安静;
> 它走的时候,那距离

大约和死亡的面貌相等。

There's a certain slant of light,

Winter afternoons,

That oppresses, like the heft

Of cathedral tunes.

Heavenly hurt it gives us;

We can find no scar,

But internal difference

Where the meanings are.

None may teach it—Any—

'Tis the seal, despair—

An imperial affliction

Sent us of the air.

When it comes, the landscape listens,

Shadows hold their breath;

When it goes, 'tis like the distance

On the look of death.

这是爱密丽·狄金荪（Emily Dickinson）的一首短诗，那欲说还休的格调很能写照某些冬天的午后。就是那种华美的沮丧，具象则为一条倾斜的光芒，有时从天外飞来，伤害了你，使你觉得绝望又好像因为那绝望之感而有点满足，不知道为什么，但往往不畏痛苦，反而还期待着它。

你秋前信中所提的，一直到今天我才弄清楚；而这头绪的整理，说不定也是爱密丽的启发。我将这首诗译成中文寄你，如此交代了你字里行间之所以抑郁，我必须正面和你谈论的是"内容和形式"的问题。

我一度深为内容和形式孰先孰后感到困惑，那是少年时代，当我开始执笔要写一些什么东西的时代——想起来那年纪比你现在还轻。我听长辈说，诗是有它一定的形式的，甚至还是必须根据格律进行，以臻于完成的；其他任何文类，他们再三强调，也大略如此。所以一个人要立志先熟悉各种文学形式，把握作文的规则，然后下笔便无往而不利。我听说形式最重要，合乎规矩合乎格律的作品，无论内容如何缥缈幽暗，既然经过诗的包装，就一定不怕不是诗了。在一段不算太长的时光里，我努力模仿各种可能接触到的诗型，死记美丽的"诗的辞藻"，以便随时将它们安插在我的创作里，也不管那样做到底有没有意义，是不是能够构成有机的艺术。我曾经写了一首四十行的新诗,主题是秋之肃杀一类,分十节,每节四行,每行都十二至十四字,将书本上看来的悲秋烂语一一缀上,也不管花莲的秋天其实并不那么萧瑟憭栗。诗成,我自己也看不太懂;我的国文老师在后面批道:"可惜无人作郑笺。"

那年我十六岁。幸运的是很快就好了,一夜之间,我忽然对那些形式、规矩、格律、辞藻、感叹都产生了厌倦的心理,所以少年才有"秋的离去"和"归来"之作。现在回想,这改变无非阅读使然。我遭遇到一些震撼,诗的震撼,这在人生过程里毋宁也是少有的,何况那时我的心思终究还很稚嫩。我忽然发觉诗的美与好,并不是它看起来那么美,不一定因为它在颂扬宇宙人生好的一面。诗的美与好是建立在它真的基础上;感情诚实,思维率直,声籁天然,幅度合理,以这些因素融合交响,突出一个不可颠扑的艺术生命,那才是美与好。"凡物皆有可观,苟有可观,皆有可乐,非必怪奇伟丽者也。"诗应该以真实的手段,道出心与物的真实,初不必先为形式所拘束。纪弦写了一首壁虎诗《存在主义》,其中一段如此:

平贴在我的窗的毛玻璃的
那边,用它的半透明的

> 胴体，神奇的但丑陋的
> 尾巴，和有着幼稚园小朋友人物画风格的
> 四肢平贴着
> 　　图案似的
> 　　　标本似的
> 　　　　一蜥蜴

这观察体会迥异寻常，出之以诗，又采取了一种迂回跌宕的形式，在我们习于四行练句的时代，具有无穷的震撼力。

原来诗是可以这样处理的！一只壁虎夜夜准时出现在毛玻璃窗那边，"预约了一般地"。当诗人在工作的时候，壁虎吞食着蚊蚋和小虫，致使肚子"膨胀而呈微绿"。诗人遽觉自己正是那觅食表演的目击者，必须写点什么"有诗为证"，就这样一路发展出一首五十行长短的作品，充满突兀、惊诧、同情和嘲弄，安置在错落有致合理的形式里，一首诗于焉完成。

纪弦不但掌握到形式自然发展的美，也阐说了内容赋与的好。壁虎在台湾又名守宫，样子和声音都不是最悦人的，可是诗人再三强调壁虎也是上帝所造，和"我"一样，何况它还是"远古大爬虫的缩影、缩写和同宗"，并且它也敏感，知道有人夜夜关注它吃虫的艺

术。诗人可以将一件不是太悦人的事件，通过适当的艺术整合，化为一首诗，形式居功，遂也提升了内容。到这时我就明白形式若有意义，必须如此，和内容密切结合；形式是活的，不是死的，因为死的是规律，而诗不要规律。内容呢？内容是中性的，天下无事不可入诗，非必定如秋之萧瑟憭栗才行。壁虎在毛玻璃窗外吃虫，比起这个如何？蒋梦麟回忆北京：

> 我怀念北京的尘土，希望有一天能再看看这些尘土。清晨旭日初升，阳光照射在纸窗上，窗外爬藤的阴影则在纸窗上随风摆动。红木书桌上，已在一夜之间铺上一层薄薄的轻沙……

这个也不见得不好。纸窗外爬藤，晨光将它的阴影映进屋里给早起的读书人看，小风吹它摆动，宁静地流露出古老的文化的温馨——这个并不见得不教人缅怀思念。摆动的藤影和胀着微绿肚子的壁虎，虽然都在窗的那一边，却不可同日而语。可是纪弦所表现和证明的，无疑藤影是诗，壁虎也是诗，端看你怎么将形式拿来支持它。

这样说来，形式岂不比内容重要？我不是这个意思；否则可不可以说，内容比形式重要？那也不见得。我只能提醒你，这一切正是古人"文质炳焕"的要求，强调的是形式和内容调和，平衡，互为照明，于西方文学传统也是一个重要课题。简单地说，形式须由内容决定，内容则有待形式下定义——我们有心于诗创作的人，尤其在这早已摒弃了传统格律的时代，必须了解唯有两者和谐相生，才可能突出新的艺术，开展出时代的文学。

当然，这其中还有些问题不能不进一步思索。首先是所谓形式和内容调和的问题。什么样的题材期待什么样的篇幅来浮现，这种内容只能以这种形式表达。我在论"闲适"的时候涉及这一点：假定苏东坡作《游金山寺》，乃是自无徂有的艺术历程，我提到他文心运作当下的抉择，意思大致如此。现在回头检视爱密丽·狄金苏的诗如何？

爱密丽·狄金苏的诗要表达的，是一个无限敏感，有情，羞涩，又善于沉思默想的人（最好就断定是个女人吧），如何于大宁静中体会某种精神的跃动，或感情的游移。她要求自己通过具象捕捉抽象，以自然和人间的声籁光彩，展现一神秘的领悟。然则这诗所环绕诉说的到底是什么？什么是明白如"一条倾斜的光"，清朗如"大教堂管乐的声调"，然而又简约若"绝鉴"，矛盾若"华美的沮丧",教人患得患失?总之这其中必定有一件什么事,也许是未曾定型的事件,说不定只是奥妙不可为人道的幻想罢了,说不定是一种期望、憧憬,一种缅怀、欲念,说不定还是无可无不可的爱情?她想表达的正是这些。对爱密丽·狄金荪说来,假如那是糅杂了期望和欲念的爱,即使只是幻想,那么这就染了宗教般的抑郁色彩,带着难以诠释的悲剧情调。爱密丽·狄金荪于冥想之中,于乙乙然将突破静谧以创作的片刻,下笔决定这一切用合乎主题的形式表达。她选择了二四押韵的四行体,因为这四行体颇具宗教圣诗的意味,何况这还是她最得心应手的体裁,每一段四行,各行音节以短步互易,并押ＡＢＣＢ韵,再起段则换韵,绵亘而下,可长可短。这种严整的诗体可以交代主旨的奥约;但内容如此,全诗不宜太长,以免繁褥之病,或更怕说多了便失去了那轻微神秘的气氛,所以诗停于四韵完成之际,共得十六行。

外在的硬件设计如此,而为了加强效果,呈现宗教性感伤和喜悦交叠的效果,诗人撷用意象比喻都在一定范围之内。"倾斜之光"仿佛是神灵的启示,它又沉重如教堂音乐。当它对我们构成伤害,似乎又不是疼痛,感觉如天赐情愫,然而还有点茫然异样,所以率直说是"绝望",又华美,虽然只是"华美的沮丧"。到这里我们已经可以意会那无非是一种融合了快乐和忧郁的感觉，而人生中能融合快乐和忧郁的，除了爱情以外，难道还有别的吗？

假定那正是虚实间的爱情，正是一种幻觉感应而已，唯有当事人知道它是有或无，唯当事人为之患得患失。果然如此，每次那感觉出现的时候，天地雍然，山岳河川倾听，一切形象宁静相待，煞有介事——大自然和人间社会因我有情遂亦有情，苍白怔忡，也和我一样患得患失了。当它隐退的时候，我也体会到无穷的空虚，就有了心死的灭绝感。这一来一往本来都是爱密丽自己的思想在启合操纵，则爱的幻觉正如梦，"魂来枫林青，魂返关塞黑"，约莫相当。

为了呈现那个主题，诗人使用一种严整又带点无奈意味的形式，我觉得那是她最好的抒情诗之一。回头再看纪弦的"存在主义"，主题近似古人的齐物论，或者正继承了贾谊《鵩鸟赋》的哲学传统。然而也不尽然，古人奥义精深，文采华茂，就是往往缺少一份闲散高蹈的幽默感。纪弦显然有意注入这一份新意，所以他除了把握齐物论点，声言"一切存在——都是上帝造的"以外，全诗处处布置关节，让严肃的和荒谬的理念搅拌在一起；而且不但辞藻如此，音响效果亦复如此，所以前引一段诗，八行里大量使用尴尬的"的"字，为了突出笨拙朴实之美，正是神奇而丑陋，令人不快，"有着幼稚园小朋友人物画风格的"，如图案，如标本——纪弦处心积虑的是这样描绘出一条蜥蜴，一只壁虎，以文字的形与声，以奇怪的文法修辞，再加句式错乱，长短吊诡，上上摇摆，就这样以形式的特殊效果来界定内容。我们发现齐物论点仍在，这诗又在观念上提供了现代的嘲弄和讽刺，真假莫辨，于理难容。然而在艺术上这诗超越了真假的滞碍，其为一种"完成"殆无可疑，所以这作品成立，存在于它自己的"存在主义"，所以说诗的美与好并不是因为它看起来那么美，并不是因为它歌颂了人类谴责了虫虱；诗的美与好建立在它所赖以显露的感情之为诚挚，思维之为率直，声籁之为天然，幅度之为合理。要之，主题内容只是艺术创作最原始的开端，我们掌握到它，仅够我们着手染指，诗还在未知之数，于是一切依赖形式的配合操演，通过全面的（comprehensive）修辞驱遣，巨细靡遗，才有它展现，完成的一天。

我常常觉得文学创作说不上有什么方法，和其他最高级的精神活动一样。这事须由当事人随遇而安，伺机为之，不断调整角度去对付那些稍纵即逝的理念和意思，何况每一首诗的完成都是一个过程，一个迥异其余的过程。我想这正是创作的快乐，诗所承诺给我们的永恒的快乐。王闿运论诗法说"诗主性情,必有规律,不容驰骋放肆"云云。这还有什么快乐可说?天下不应该有完全一样的棋局,道理相同。王船山讲故事,他说有一个人善下棋,并以教人下棋为职业,"后遇一高手,与对弈至十数子,辄揶揄之曰:'此教师棋耳!'"。教人下棋的就有方法步骤的讲究,一来一往总是那几步,然而高手下棋何尝循规蹈矩?作诗大略也是这样,必定要建立一个方法论,倒不如完全没有方法论为佳。这一次因为你提到内容和形式的疑问,我回忆少年以来的感受,就以两首诗的解析勉强理出概念,不知道你懂不懂我在说些什么?

岁暮风寒,下午在院子里砍柴一小时,极乏,乃卧睡一小时,醒来将这封数坐未竟之稿续完。

一九八八·一

音 乐 性

诗一定具备了音乐性,这点断无可疑。你提出一个重要问题,大概已经预立了答案。我相信你不是第一次想到这问题。

开始的时候,在我们记忆的远古,诗和歌是不可分的,又和舞蹈密切结合,茁长于祭祀。像这样简单的理论,任何文化传统都在渲染。当然,无论他们怎么说,学者强调的只有一点:人类亟于表达心思情感的那份欲望,在把握到时机的一刻,自然流露为动人的语言,依倚着天籁声响,向前发扬,并且就在近似梦游的神情中,肢体随诗歌活动,以点与线的和谐构成至美的形象,是为舞蹈。学者研究这种演出艺术的源起,颇有突出祭祀环境的，以为它是外在的刺激力。神灵存在的假设本是人类想象功能最大的运作，我们都有意超越眼前的现实，进入未知世界。

　　古代的中国诗人说"我歌且谣"，又说"矢诗不多，维以遂歌"；古希腊诗人随身携带的是一把七弦琴，而中世纪欧洲咏诗者向来以竖琴伴奏。我们知道，在一段漫长的时光里，诗的音乐性指的就是诗歌不分，或者以音乐之美提升诗的感染力，因为没有人喜欢平白的"朗诵"；纵使有人说"歌"是有乐器伴奏的，"谣"则为徒歌，没有乐器伴奏的，但无论如何，诗的演出要求旋律与节奏互相配合，这应当是古代所有文化共通的现象。我们古老的经籍里有这样的说法："诗言志，歌永言；声依永，律和声。八音克谐无相夺，神人以和。"孔子赞诗之美则曰："师挚之始，《关雎》之乱，洋洋乎盈耳哉！"钟鼓琴瑟所构成的室内乐正是《关雎》的音响效果。柏拉图（Plato）借着阿戛同讨论爱的定义强调说，爱是勇气、公理、节制，爱也是智慧，"首先，爱是一个诗人（这里我跟哀瑞克西玛喀士一样，要发挥我的想象了），而且爱更是人类诗的泉源；若非他自己本来就是诗人，他何尝能够触动别人的诗思？爱一碰到谁，谁就变成诗人，即使那人心灵一向没有音乐，也会变成诗人。这证明爱是优秀的诗人，而且对别的艺术也都很在行啊！"

古典资料里处处强调诗就是乐，我想没有人会反对这个说法。诗和乐相顾并起，甚至交由舞蹈加以幻化夸张，在一个充满宗教意味的场合里发生，这毋宁正是人类和天地自然最亲密的结合。这些都是真的。

可是，我们也要承认今天我们提到诗，不一定就想到音乐，更很少想到舞蹈，而所谓祭祀的气氛，也早已经大量消灭了——宗教的定义一天比一天广泛，所谓神，正以各种不同的面貌试探着你我。若说祭祀能为表演艺术催生，不如说劳动、格斗、梦游、性爱这些也更有力；而我们今天接触到的诗，黑字印在白纸上，真能证明是和音乐同时发生的吗？我想真不容易；更不用提舞蹈了。我于学理上相信那个说法，也一向不避免以它为出发点解析古典文学，并曾经尝试通过文字结构去掌握古代诗歌的宗教意义，相信音乐、舞蹈和诗是三位一体的。甚至在接触现代作品的时候，我也从来不敢忽视其中涵藏的音乐条件，虽然舞蹈的成分早已无从考察，而所谓祭祀确实应该扩大范围，广义看待。事实如此，我们在二十世纪广袤的文学世界里思索诗的音乐性，恐怕不能再局促于乐器、伴奏、歌唱、朗诵这些概念；诗的音乐性指的是一篇作品里节奏和声韵的协调，合乎逻辑地流动升降，适度的音量和快慢，而这些都端赖作品的主题趋指来控制。

在现代，我们谈诗的音乐性大约就仅能着重这个。我们看近代文学如此，看远古的文学也如此，盖文献不足征，想在古代文学里重建歌舞剧固然甚好——这工作我谨敬地参加过——可是美的形象太渺茫，前后谲幻，只能说是知识和想象的磨炼，却不知道这个结果落实处是不是能够承担考验。尤其假如我们心中关注的是诗的创作，在现代，想以新理念、新感性来为自己，也为这个时代，创作可以证明我们曾经这样专致心神于艺术、哲学，于神秘的经验，于现实风浪；假如我们要以文字捕捉一切，琢磨一切，供奉一切，证明有用的和没用的东西是没有常性的（arbitrary），唯人一生把握多寡有时叫我们感觉患得患失——是的，这就是写诗的心志、你的心志。当我们这样想的时候，所谓诗的音乐性就必须环绕着这些来整理解析。

诗的音乐性是作品风格的一部分，和诗的色彩同为作品的外在条件。诗的色彩不一定是文字外延的指称，所以李白写秦地罗敷女"采桑绿水边，素手青条上，红妆白日鲜"，一连五个颜色字眼，固然使我们感受到斑斓效果，但这些是诗的内在，不是我所谓外在的条件，同样，杜甫"两个黄鹂鸣翠柳，一行白鹭上青天"，虽着四字，仍然不是，甚至李白不着颜色字眼的"芳树笼秦栈，春流绕蜀城"都应属于内在，不是外在的条件。反之，"犬吠水声中，桃花带雨浓，树深时见鹿，溪午不闻钟"的色彩是外在的，而虽然李白提到"浓""深"二字，这四句的色彩，就作品的格论之，却是淡漠的，一种轻悄的技巧，诗人用这技巧勾明道士的居处、心境和品行。色彩外貌如此，则我们谈音乐性也须先断定，我们不谈平仄格律，不重视拟声法。"噫吁嚱危乎高哉，蜀道之难，难于上青天"之所以有音乐性，第一是两个"难"字所连络的跌宕，第二是"乎"与"哉"的修辞学，第三才轮到"噫吁嚱"这种感叹拟声。所以我说我们谈诗的音乐性，着重的是外在技巧的布置使用，或圆融，或突兀，不是内在文字选择是否得当的问题。

先让我抄引一首大约两千七百年前的诗，《魏风·伐檀》第一章：

坎坎伐檀兮

置之河之干兮

河水清且涟猗

不稼不穑

胡取禾三百廛兮

不狩不猎

胡瞻尔庭有县貆兮

彼君子兮

不素餐兮

这是说我们在大声"坎坎"地伐着檀木,可能是为了预备作车轮之用的,并且一根一根放在水边放好;看看河水清澈,当风吹过,就流成美丽的水纹。不远处有些纳凉不动的人,仓库里塞满了农田里来的收成——奇怪,不种地居然还有那么多农作物可囤积!再抬头一看,可恶,他们院子里还挂满山里打来的野味,可是这些人明明是连狩猎都懒得去的,怎么还有好东西吃?唉,真正的君子是不可以这样坐享别人的工作成果的吧,"坎坎"继续伐着我的檀木,斧声飘过河水又撞回……

就这样进入第二章,第三章,每章九句,以民歌特具的"反复回增法"(incremental repetition)完成一首抗议社会不公的诗,意象鲜洁明亮,掌握诗质的要素,色彩于纯朴中糅杂了一点愤怒,但不过分;音乐则天籁和人的发声气息交互鼓荡,速度变化自如,大小适当,最具初民情绪的格调。

细心读这首诗,我们知道进一步检验其音乐性,则字里行间错落伸展的节奏当为其艺术极致。前面提到,我们对拟声的"坎坎"不特别看重(虽然《诗经》传统在这方面表现得很突出),偶尔有之也罢了,过度使用就不怎么可喜了。至于质词"兮"大概差不多，在这里只能证明诗的口语源流，指出它的民歌本色。我们既然不是即席吟唱的歌者，既然是坐下来创作的人，倒无须学习那个；观诸三十年代一些作者如何滥用感叹质词如"啊""呢""吗"之类，致使一代新诗几无任何可取，我们必须知道"兮"也不是诗的上乘音乐所在。要之，《伐檀》的音乐性最根本的是它句法的变化，起伏流离，于平衡和倾斜间步步莲花，美不胜收。全诗除了第四和第六句外略无规则；而严格说来，第四和第六句的整齐形式也为其各别领导下的第五和第七句自动冲淡；本来我们很怕第四和第五句隐隐呈现的四六句式太嚣张，幸好第六和第七句一转而为四七句式，遂觉如释重负。其实古诗音乐性的最大长处就在于这种自反自救的功能，《鹿鸣》第二章先是"我有旨酒，嘉宾式燕以敖"，到了第三章又证"我有旨酒"，吓人一跳，深怕它接着又是一个六言句就糟了，然而不然，下面是"以燕乐嘉宾之心"。

你看这诗第一句是拟声副词和一个结实有力的动作"伐檀"，第二句以两个"之"字（尤其第二个）化解；第三句又是一变，居然来了一个三O一O的句法，两个O是质词，前所未见；紧接着就是那一对寓变化于秩序的疑问句，令人眼花缭乱，又忽然刹住，"彼君子兮，不素餐兮",正好是〇二〇下一个一二〇的组合,和谐地收束全诗,教人跟着松了一口气,同时从音乐和色彩的外在世界进入直接有力的主题:对啊,人家真正的君子人物,是不贪鄙白吃的!

古代的诗本来如此,音乐和作品的旨意密切结合,外敷以从容适宜的色彩,圆融浑成,无懈可击。这不但见于中国,也见于别的文学传统——虽然乐器性质和用法有异,影响了各别的艺术特征,有不同的倾向和要求,其之为天籁和人心互生共鸣,则为诗之音乐性的基础。

从《伐檀》成篇的时代向后推,在超过一千年的时间里,诗人创作从未能精确地靠乐器伴引,只能大致上根据声调的要求,在心中琢磨,把握音韵的一般原则,不断以大自然充斥的天籁为准,调整他作品的步调和声量,可是快慢大小却没有一定的规则可寻。以这种精神作诗,音韵之美有的像张衡《四愁》收煞处绵绵亘亘:"我所思兮在太山,欲往从之梁父艰。侧身东望涕沾翰。美人赠我金错刀,何以报之英琼瑶。路远莫致倚逍遥,何为怀忧心烦劳。"有的是陶潜"孟夏草木长,绕屋树扶疏,众鸟欣有托,吾亦爱吾庐",那句承前启后,笃定的"吾亦爱吾庐"。古诗的韵味和节奏变化无穷,无非自然启迪,敏感协调,往往也须诗人自我开发,培养情操。诗人志在把握变化中的规则，以天籁为艺术的试金石，检验他毫末的文章，想要做到"音声迭代，若五色之相宜"。他们要在没有规则中把握规则，随时汲取天地自然的启示，转化应用，合成生长，于是诗的生命恒新，同时就成为天才操纵的艺术形式，平常人何能理解那奥秘？

　　古体诗如此，终究还靠性情才能作出，可是后来的人却在近体诗的规律中寻觅创作的依据。一旦有了平仄对偶的限制，音节固定，章句不变，所谓天籁对诗创作的启示，倏然失去了意义。这也可以算是诗艺的一大突破：就音乐性而言，一个人只要确认了四声递用的方法，出口绝对可以成章，不怕句子不和谐。古典诗学对这方面的研究非常透彻，不必我们多说。大概从南朝末叶到二十世纪初这一千六百年间，中国诗的创作，包括词曲等相关文体，全部都在特定的音律系统里进行，文人才子再怎么实验发明，都不曾有过毁弃音韵的动机，更没有冲破格律的打算——若想公然造反，唯一的办法是搁下近体，暂写些质朴的古体诗。这样说来，你或许要问：既然古体好像更能表达诗人的真性情，他们为什么不一举取消近体，恢复古体？这一点我也不时想到，但有时不愿虚设疑问，有时又觉得无从回答。难道我们可以说他们不多作古体便是缺少真性情的证明吗？难道我们可以说诗人依赖近体的音律设备以吟咏只是贪其便利,是他们懒得创新的证明吗?

往往就是如此,纵使并不完全如此。缺少真性情,懒得创新——一千四百年来恶例不胜枚举,他们全盘使用音韵规律作诗,遂觉是有了诗的音乐性了,所以无论内容如何空洞,可以朗朗上口就是诗。诗的毁坏大致如此:当诗人心目中只有人为的四声原理,没有天籁之美,诗就坏了。

《红楼梦》第七十八回,贾政和幕友清客们谈起一宗"风流隽逸,忠义感慨"的事,是关于号称姽嫿将军的林四娘如何带兵杀贼,为王殒身疆场的故事,言下不胜嘘唏。众幕友听罢都叹道:"实在可羡可奇!实是个妙题,原该大家挽一挽才是。"于是定了题目《姽嫿词》,作了一篇短序,命宝玉、贾环、贾兰各作一首。贾兰很快就有了,一看是首七言绝句;贾环恐落后,也就有了,是首五言律诗。我们知道所谓七绝和五律都是近体诗,规矩俱在,依样葫芦可画,只要音韵格律不错,填充些陈腔滥调当然不难,于是贾兰有句曰"玉为肌骨铁为肠",贾环的颔联是"掩啼离绣幕,抱恨出青州",就这样虚应了上面交代下来的故事。众人问宝玉,宝玉笑道:"这个题目不称近体,须得古体,或歌或行,长篇一首,方能恳切。"宝玉作诗虽作不过几个女子,才气性情俱在。他知道内容和形式的关系,《姽嫿词》既有序,要作就须作长篇歌行,体格才宜,是不能以七绝五律敷衍的。这表示他懂古近体诗的传统特征。长篇歌行谋篇用韵结构气氛,都要诗人当下决定,没有固定规矩可循,纵有道理,却无法则,诗人一入手就必须全副精神投入,处处小心,步步为营,于音乐的长短,高下,快慢,是否适当,全视诗人才情学识真伪而定,无可混蒙。宝玉一首《姽嫿词》要铺叙故事,又要点缀辞藻,还要转韵煞尾,速度、气氛、色彩、音乐不断配合主题伸展,显出一个作者认真的创作,不是随意凑数的七绝五律所能比拟。贾政笑道:"虽说了几句,到底不大恳切。"心里可相当得意。

宝玉所面对的挑战我们可以想象。而今天一个以现代诗为目标的人,当然可以体会那种求新求变,求独创的心情,每一篇作品都须超越凡俗,都须肯定观念,流露性情,迈向整体艺术生命的完成。

我想象贾兰、贾环那些东西最容易写,无论主题是"风流隽逸,忠义感慨",或是送别、行旅、悼亡、祝寿,一律就那样套进去就成了——久而久之,诗变成一种没有血肉的塑胶娃娃,你要它发出音乐声响,只须扭紧发条,手一放,一组令人摇头摆尾的调子就出来了,千篇一律。宝玉的古体歌行比较难,但因为其中至少还有脚韵在，一转再转，有恃无恐，所以他敢念出"丁香结子芙蓉绦"以敌"不系明珠系宝刀"的句子，因为下面可有"战罢夜阑心力怯，脂痕粉渍污鲛绡"来会，顺理成章。要之，一句七言，脚韵自在，音乐性不怕完全迷失。回头再看古代的《伐檀》，每一句或四言，或五言，或六言，或七言，或八言，变化无所不用其极，内在的音乐性接近风吹河岸的自然声籁，初无定规，前后呼应，圆融浑成，这就难上加难了。话虽如此，质词以外，《伐檀》诗首章暗协一韵到底，檀、干、涟、廛、貆、餐六字在上古想象是同韵的，第二章换韵，第三章再换。则这首诗的作者也有恃无恐，也不怕它的音乐迷失，何况他还会以错落的章法加强效果，更加有意思了。

然则什么最难？或许不该说难易，只说一人面对的心智挑战——那么你现在下定决心在做的，正是巨大无比的挑战。你以现代自由诗没有规律的规律为起点，想在其中掌握艺术与生俱来的节制之美，发挥文学取悦和教诲之功，通过一个知识分子关怀体察的方法，结合里外脉动，完成超越的文化理想。这些是心智挑战的第一层次。同时你选择了诗做为表达的媒介，而且你选择的不是以平仄音步为创作规范的文学形式；你更知道观念若要以诗的形式发之，你的诗须有它令人喜悦的音乐性，否则你的知识社会不会接受它。这是你现在面对的双重挑战，必须通过知性和感性结合的努力去克服。难吗？我觉得是很难，但也不一定太难，反而趣味无穷。

或许有时候你会怀疑，为什么不避重就轻，使用现成的诗律也罢，即使近体形式太僵化，古体总是大有可为的吧？这就像浮士德的犹豫一样，我们有时会遭遇到种种试探。我之不再相信音步章法，甚至不愿以脚韵为根据，是为了免除知识的依赖性。我知道你和我一样，深深喜爱古典文学，而且我想我们对传统诗歌的肯定，绝不在他人之下。虽然如此，我们不能不有所舍弃，为了真实的创新，为了证明"一代有一代之文学"，一代必须有一代的知识信仰和感性表征，必须有诗，而那诗里更须有它真正的音乐性。打破韵律限制，试验将那些可用的因素搬一个方向，少用质词，进一步要放弃对偶，以便造成错落呼应的节奏；我们必须为自由诗体创造新的可靠的音乐。试试看，先将前面那《伐檀》第一章还原为原始资料：

坎坎伐檀兮。置之河之干兮。河水清且涟猗。不稼不穑。胡取禾三百廛兮。不狩不猎。胡瞻尔庭有县貆兮。彼君子兮。不素餐兮。

现在将它拆开重组,然后以它为准,繁衍你心目中的第二和第三章,给整首诗理出一完整的结构,一贯穿的主题,给它明确的色彩,给它音乐。

一九八八·二

论修改

我们都体验过创作的难易。笔下快慢,或迅如清风,或滞碍如浑泥水,原因不能明白,甚至可以说是神秘的。

从前的诗人强调灵感有来有去,不是没道理。灵感来的时候,"思风发于胸臆,言泉流于唇齿",率尔成篇也非不可能;它不来,则"兀若枯木,豁若涸流",怎么追求都没有用!我想你一定了解这种苦乐,或也许因此对于诗的创作更加锲而不舍。这正是我们精神和心智最大的挑战,一种摸索,一种探险,没有确定的方向也没有止境的摸索、探险。然而不假气力,忽然就完成一首诗,或者呆痴案前,彻夜无从谋篇,这两种情形固然有，到底比较少。我们的经验里，最多的是一坐若干时刻，左右完成了一件作品，重复审阅，觉得大致可以，又好像未尽满意，遂起立，将它搁在桌上，或深藏抽屉之中，等下午，或今夜，或明天，或甚至长时间之后回来再作，删节增添，前后搬动，剔去勾回，把一张干干净净的稿纸画得到处虫书鸟迹，侥幸结束，松了一口气，此之所谓"修改"。

修改不能免。在我设想，一个人少年时代独获大自然神力的钟爱，下笔有冥冥天助，又因为工作过程所依靠的一向是本能和资质运作，犹豫既少，失误不大，修改的情形便不特别多。记忆里少年时代为一小诗大动刀斧的经验是稀有的，而中年以后回头重读那时的字句，反而觉得奇怪，怎么写得出那种看起来完全不假思索，玄妙，而又自然的东西来的？恍若前生的记忆，或是来世的预测。我曾经和一群很年轻的作者在一起讨论如何支配词汇，更改句式，搬动章节。我记得我自己的语气很深入用心，以为他们应该和我一样有些强烈的感觉吧，后来才发现不然。他们很迷惑，很奇怪，不知道我为什么对一件无谓的经验，表达了超乎寻常的热情。他们还没有体会到修改的重要。天才的定义就是年轻，准确，快。可是天才若不早死，必然有不复年轻的一天，那时他阅历愈丰，顾虑愈多，下笔反而慢了，不太准确了，往往有了作品都不敢轻易示人，总是反复修改，力求完美，那过程是辛苦而甜蜜的。

英国浪漫时代诗人威廉·布雷克（William Blake）《猛虎诗》共六章，其第一和第六章几乎完全一样，是英诗最铿锵有力的四行：

> Tiger, tiger, burning bright
> In the forests of the night,
> What immortal hand or eye
> Could frame thy fearful symmetry?
>
> In what distant deeps or skies
> Burnt the fire of thine eyes?
> On what wings dare he aspire?
> What the hand dare seize the fire?
>
> And what shoulder and what art
> Could twist the sinews of thy heart?
> And, when thy heart began to beat,
> What dread hand and what dread feet?
>
> What the hammer? What the chain?

In what furnace was thy brain?

What the anvil? What dread grasp

Dare its deadly terrors clasp?

When the stars threw down their spears,

And water'd heaven with their tears,

Did he smile his work to see?

Did he who made the lamb make thee?

Tiger, tiger, burning bright

In the forests of the night,

What immortal hand or eye

Dare frame thy fearful symmetry?

我们勉强把它译成这个形式：

猛虎猛虎，燃烧的光彩，
逡巡黑夜的森林地带：
是什么神明之手，什么巨眼
力能规摹出你的匀称惊人？

何等遥远的海底，天末
你眼睛的火焰曾经烧着！
他凭什么翅膀扶摇升起？
什么样的手掌将火焰来攫？
而什么肩力，什么神工
竟扭打出你心的勇猛？
而那一天你的心开始跳，
是什么可怕的手？可怕的脚？

什么斫锤，什么样的链，
你的心智在鼓风炉里熬煎？
什么铁砧？何等可怕的攫握
胆敢抢拿那凶险的灾厄？

当星子纷纷掷落标枪之芒
又将泪水注满整个天上，
他工作完成是否微笑欢喜？
创造羔羊的他也创造了你？

猛虎猛虎，燃烧的光彩，
逡巡黑夜的森林地带：
是什么神明的手，什么巨眼

胆敢规孿你的匀称惊人？

第六章只在最后一行做了微小的变化：第一个字从"力能"（could）改为"胆敢"（dare）显然是诗人要求于歌谣的整齐中求变化之美。我看到布雷克此诗草稿影本，为那一行，他斟酌再三，一时想动第一个字，一时又想换其次的动词，而保留第一个字不变，犹豫再三，那种苦心是感人的。

　　不但如此，布雷克此诗初稿本来就是六章，但第四章不是现在"什么斫锤，什么样的链"那四行，而是后来放弃的一段。那一段划去不用，只保留了一个意象，即"鼓风炉"；诗人另写现存的这第四章，并将他自觉欢喜的这意象糅进去，乃有"你的心智在鼓风炉里熬煎"一句出现——似神来之笔，谁知实为锤炼得之。还有，第二段"何等遥远的海底，天末"现存的本子读来是一种赞叹，转为惊疑的声调，其美不可当，但原来初稿不然，先只是平铺直叙，才以惊疑为结。布雷克修政初稿毕，六章只剩下五章，恐怕觉得单数不如偶数，但又雅不愿放弃以首章变末章的歌谣风格，遂决定再补一章，是为"当星子纷纷掷落标枪之芒"等四行。最有意思的是这四行中，先出现的是"他工作完成"那一行，其次是完全废弃不要的一行，再其次是"创作羔羊的他也创造了你",然后才是"当星子"和"又将泪水"那两行。他大概沉吟片刻,就将可用的四行调整先后,布置韵脚,才变成现在我们看到的第五章。

据说布雷克又曾经来回修改,一度作了巨大的删节,六章之中,只保留了第一、第三、第五和第六章,使全诗更具备了歌谣的风味,自无可疑;但这个本子终于没有正式流行,我们现在所有的,就是前面那六章的型式、自然、神秘,却还是带着浪漫主义最跌宕优美的音乐性,仿佛从童谣升华起来的歌词,充满了惊讶好奇,一点点迷茫。

布雷克并不是特别富于古典学养的诗人。他下笔创作,酝酿修改,不见得是为了考辞就班,如新古典主义的学究诗人所为,然而凡有所作,更动增删自是难免,锤炼琢磨,要求主观艺术性的完整。我们没有成见,不断然以为学究诗人必定迟疑嗫嚅——在我想象中学究也有快笔,尤其中国古典传统里更不少见。刘勰论神思,发现笔下慢的有司马相如、扬雄、桓谭、王充、张衡、左思等人,快的则有刘安、枚皋、曹植、王粲、阮瑀、祢衡。这样看来,快慢难易,修改与否,恐又与学术修养无关——诗人到了一个年岁层次之后,本来就应该将才气学习融贯合一才对——恐又只是秉赋天性使然了。唯有以青年诗人的阅历,而不喜欢修改,才是我们真正关心的。

修改通常是诗人书斋里自我磨炼的功夫,在他作品未发表以前为之,如前面缕述的《猛虎诗》。则一首诗的初稿和定稿之间,有时短暂,有时也可以长达数年。我看到叶慈《丽妲与天鹅》的创作过程,也颇有感慨。此诗属稿最初是一九二三年,叶慈在一天之内反复工作,以十四行诗的形式为节律,加以现代声调的变化,音感和神话意象都很沉着有力。初稿第一行有一个强烈的意象"俯冲的神明"(the swooping Godhead)指奥林匹克大神宙士化身为天鹅袭击凡女丽妲,意在使丽妲受孕,生海伦(Helen)和克莱甸奈丝特拉(Clytemnestra)。前者终于导致特洛屠城,是《荷马史诗》的大源头;后者本为希腊联军统帅阿加梅侬(Agamemnon)之妻,则于征人凯归当日把她丈夫击杀于浴池水中,其本事和后果构成爱斯吉洛思(Aeschylus)的悲剧三部曲《阿勒思德亚》(*The Oresteia*)。叶慈选择这"俯冲"的事件来处理,当然自以为面对的是希腊文明的展开,神和人的关系,一个史诗和悲剧的大题目,而他要把这大题目浓缩在十四行诗里,所以这首诗本来叫着《天使报喜》("Annunciation")。

第一稿有"俯冲的神明",另外一稿则想将"俯冲"改为"震颤"(tremtoling),或指天鹅射精,旋又改回

"俯冲",可能为避免表现上过分露骨之讥。"神明"一字则由大写改为小写,使希腊神话有别于基督教神话。后又有一稿索性放弃"神明"意象,保留了"俯冲"。第二年(一九二四)又改"俯冲"一字为"疾撞"(rush),并增羽翼扑打的描写,全诗做了许多更动,诗人自以为这件作品已经完成了,因改题为"丽妲与天鹅",将它送去发表。又过四年(一九二八),叶慈将出诗集《塔》(*The Tower*),遂将这首诗拿来又大改了一次,本来第一行里那些"俯冲""神明""震颤""疾撞"字眼都不见了,创"垂击"(blow)字代替其余,此诗乃有了定本。我有一年沉潜于生死与爱的神秘经验,曾经译过这首诗,现在稍加修改录存在这里:

遽然的垂击:巨翼犹拍打于
晕眩无力的女子之上,她的双股
被黑色的脚蹼抚弄,颈为喙所擒,
他把她无依的胸乳紧纳入怀。

那些恐慌犹疑的手指怎么可能
将插翼的光辉自渐渐松弛的股间推开?
而身体,在那白色的疾撞之下,
如何不觉察一奇异的心在那里跳动?

腰际一阵战栗于焉产生
是毁颓的城墙，塔楼炽烈焚烧
而阿加梅侬死矣。

    被如此攫获着，
如此被苍天一狂猛的血力所制服，
她可曾利用他的威势夺取他的洞识
在那冷漠的鸟喙废然松懈之前？

A sudden blow: the great wings beating still
Above the staggering girl, her thighs caressed
By the dark webs, her nape caught in his bill,
He holds her helpless breast upon his breast.

How can those terrified vague fingers push
The feathered glory from her loosening thighs?
And how can body, laid in that white rush,
But feel the strange heart beating where it lies?

A shudder in the loins engenders there
The broken wall, the burning roof and tower
And Agamemnon dead.
      Being so caught up,

> So mastered by the brute blood of the air,
>
> Did she put on his knowledge with his power
>
> Before the indifferent beak could let her drop?

誊写的过程有时也是修改的过程,即使只是多年前随手翻译的一首十四行诗而已。

另外一种修改是别人参加意见,所以从善如流修改的。你写"僧推月下门",本来蛮好,不幸来了一位做官的相识,文字也还可以。他说:"很好,何如'僧敲月下门'?"不得已为了他的面子,只好照改。这种事有时不免太尴尬。王夫之对这公案也有评论:"僧敲月下门,只是妄想揣摩,如说他人梦;纵令形容酷似,何尝毫发关心?知然者以其沉吟推敲二字,就他作想也。若即景会心,则或推或敲,必居其一,因景因情,自然灵妙,何劳拟议哉!"我自己向来不喜欢将未发表的原稿示人,所以烦恼较少。这次你寄来一叠新作,全是手抄,大概你的习惯和我不一样。记忆里只有很少几次捧着诗稿和人讨论。有一次写好《忠臣藏》短诗,讲日本武士冬夜翻墙寻仇的故事,第四段以"门启处寒风吹来,寻访的人"开始,原稿下一句是"脱了雪衣解了长剑",然后接两长句两短句,诗即戛然止。我的朋友商禽喝了半夜酒,说:"脱了雪衣解了长剑,英气逼人!

'脱了雪衣解长剑',取消一个了字,如何?"虽然这两句语意有别,我还是接受了他的意见。这种改变不算"说他人梦",应该是可以拟议的。可是除了这次,我竟想不起别的了。

一九七一年纽约出了一本大型的奇书,艾略特一九二二年写作长诗《荒原》(The Waste Land)的原稿影本,包括手写初稿和打字稿。这些稿本最有价值的一是艾略特手写稿涂抹修改的痕迹,可以看出他工作过程大概,另外就是庞德(Ezra Pound)对他打字稿的批评和更动,全部存真,并附整理解说。庞德目光如炬,口味学养俱佳,令人惊叹。他愿意过目《荒原》,但要求艾略特拿打字稿来,不肯根据手稿提意见。《荒原》第四节"水中死"初稿完成的时候,艾略特先以手写本交他,他看了一遍,没有下笔修改,只在前面写道:"不佳,但须等打字稿到才能鞭挞。"打字稿终于到了,这一节共九十二行。庞德拿起铅笔一路划下去,删除,换字,大笔挥霍,后来才发现原来前面八十二行都被他勾消了,只剩最后十行保全原貌。他将稿子还给艾略特。艾略特比他更有意思,不久将诗寄回美国出版,第四节居然就以那残余的十行出现:

夫里巴斯这腓尼基汉子,亡故已逾两周,

不复记忆鸥的呼声了,以及深海大浪

以及利润和亏损。

  汪洋下一条海流

呢喃小声舔他的骨。他升起沉落

他穿过岁月和青春一些阶段

进入漩涡。

  异邦人啊犹太人

啊你们这些掌舵向风的人,

记住夫里巴斯,他一度跟你们一样英挺的。

Phlebas the Phoenician, a fortnight dead,

Forgot the cry of gulls, and the deep sea swell

And the profit and loss.

  A current under sea

Picked his bones in whispers. As he rose and fell

He passed the stages of his age and youth

Entering the whirlpool.

  Gentile or Jew

O you who turn the wheel and look to windward,

Consider Phlebas, who was once handsome and tall as you.

其他八十二行就不要了。另外一方面，诗第五节"雷霆如是说"一开始就受庞德称赞，在手稿第一句（"在多汗的脸庞被火炬照红之后"）上用绿笔写道，"从这里开始还可以，我觉得"，将打字稿只做极细微的润饰。艾略特因此也就不再修改，直接拿出去出版，打字稿干干净净，几乎完全没再动过。

不过，假如说《荒原》之成诗功在庞德，也不算公平。艾略特在写作过程中，前后属稿、修缮改作，这些辛苦是很容易看出来的。诗第一节"死者之葬"原有打字稿一百三十行，应该是作者往返工作的成果，但就在它到达庞德手中之前，由艾略特自己将开头五十四行整个划掉，所以我们今天才有这么一首以"四月是最残酷的月份，迸生"开头的《荒原》。

我虽然不太能想象一个人如何倾心听信别人的意见，对自己的作品大动斧凿，一下子就放弃大幅章节，我可以体会艾略特手稿和打字稿参差更动的心情和智慧。这是诗人潜沉艺术世界时，无限寂寞，同时又似乎金鼓齐鸣的奋斗。他在探索自我，肯定文字，布置语意，怀疑、权衡以斟酌、掉换、试验，放弃重来——这样反反复复地工作。在我自己的经验，通常当第二稿完成的时候，为了表示信心，我总将第一稿抛弃在字纸篓里；若一路改下去，誊下去，我也只留最新的一份。可是有时第八稿誊好，忽然觉得似乎还不如第六稿，辄弯腰掘翻字纸篓，找出来比对。这其中有无穷患得患失之感。大学时代，我通常中饭后等同学睡午觉了，便枯坐三楼窗前写诗，因为那是安静又清醒的时刻。有一次我誊清一首诗的新稿，得意忘形，顺手将旧稿从窗口扔下去；再仔细读新稿，又觉得新不如旧，遂匆匆整衣奔出寝室，拾楼梯到地上去找。到时发现那纸已经被水沟浸濡，字迹漫漶不清，但我还是伸手捡起来，摊在草地上端详良久，不知道有没有什么收获。

这次看你手稿清洁又整齐，不禁心中欢喜，设想这些诗都是你努力工作的成果，或者也经过密集的修改，一再思索，才到达眼前的定稿。而稿定之后，你还专心将作品一一誊清，胪列先后，远远捎来。我再三捧读，非常感动。虽然我无意扮演庞德的角色，我也不想用他那种口气说，"不佳，但须等打字稿到才能鞭挞"，我却可以在你字里行间发现文字风格和声调安排自有不甚完美之处，有些地方显得仓促率尔，难免缺陷。虽然你或许已经来回修改了许多次，旁观如我者还有意挑剔，可见此事之难！我知道当你专心于某一特定的作品，时间超过限度之后，精神持续紧张，判断力反而迟钝了，恍恍惚惚，不知道是非分际，则天生的敏感和聪慧也被患得患失之心所蒙蔽。在这情形之下，你不如将诗锁在箱子里，等若干时日后，新阳之晨，微雨之夕，或夜深人静时，打开箱子检视之，那又是另外一种体验，你可以想象得到，依然新锐，依然神秘。

一九八八·四

发　表

诗的发表是不能免的，否则创作在我，藏之名山，千载以下等待有缘的人来发现、回应，玄奇中带些悲剧情调，这种抱负不是我能完全领略。你说你有点怀疑在现代这种社会环境下，诗的发表有多少意义，我只能肯定回答，这当中容或包含了一些不合理，诗作完成之后，是不能不要与人共享的。创作是内省外放的活动，发表乃是进一步观察自我超越自我的方法，试探社会，求其友声，或即使志在刺激讽谏，也须有相对称的反应来会，我们才知道那内省与外放并不白费心思，是耶非耶，总比石沉大海好些。

我们的文学社会有问题，这一点不容否认，尤其最近几年在新兴的商业浪潮冲击之下，整个文化和教育的本质都受到影响，造成一种严重的时代症候。我的朋友胡耀恒多年主讲西方戏剧，有一天下决心重读亚里斯多德（Aristotle）的《诗学》(Poetics)。他参考了十余种英译本，进一步追逐希腊原典所示的文意，遂以最大的心力将此书再一次译成中文（据说是有史以来第四种中译本），郑重发表。全帙在杂志上刊出，等到我从海运邮件中拆读的时候，已经过了三个月。我欣喜之余，很快写信去对他表达感佩的心意。他回信说："《诗学》译刊后，吾兄是第一人向我提到这回事。注意的太少，好评坏评俱无。"你对诗的发表保留怀疑的态度，我说"白费心思，是耶非耶"，学术界里显例更多，这岂不是天下最可怕的一件事？但我不绝望，也不为《诗学》的新译绝望。我有一年曾经埋首将库尔修思（Ernst Robert Curtius）所作《欧洲文学与拉丁中世纪》第一章自德文参阅英译翻成中文，以其提纲挈领的史学和训诂方法值得深思，想与学界共享。刊出十年之内，全世界没有人对我提到这长篇译文，"好评坏评俱无"，直到第十年的末尾，高辛勇著《形名学与叙事理论：结构主义的小说分析法》出版，才在脚注里提及我的翻译，并采用我杜撰的"文学术"一词（译自德文专有名词Literaturwissenschaft），以径称俄国形式主义者的文学研究。我慨然感动，知道那份工作和发表的心思都不算白费，则一件新的《诗学》译本也不会是白费。

我肯定唯有心存"功不唐捐"的信念，这寂寞又抽象的工作始能进行。有人在山中伐木，其声丁丁。我们听见丁丁断续当中，有嘤嘤鸟鸣在空气里应和。一只鸟从幽谷里飞出来，歇栖于高大的树颠，嘤嘤地鸣叫——为什么呢？原来那正是它想引起同类注意的呼唱……让我们专注地听它，"神之听之，终和且平"，安祥肃穆，快乐恒久。我们在书斋里构思写作，修改誊抄，那是完全孤独的心智活动，终于完成了一件什么作品，遂"出自幽谷"，将诗送去发表，"迁于乔木"，想引起他人的注意，"嘤其鸣矣，求其友声"，总希望有些反应才好，是不是？

要这样想，整个工作就有意义了。我们何尝想从寂寞孤独始，向寂寞孤独终？精神的升华，是略带非现实的情调，悠谬荒唐，玄漠茫然，这飞翔终须止于某一温暖的层次，虽然还是那么飘浮，仿佛不完全是真的，终也听得见同类侪辈嘈切交谈之声，不见得以你为主题，"谈的是米开兰基罗"，有时又好像提到了你，"余亦能高咏，斯人不可闻"，冷淡兴奋，得一知己足矣！自古以来，创作的目的是要将内在一切尽力表达于外，叩问世人，引起注意；如此，则扣住作品不发表，或高蹈狷介,愤世嫉俗都不应该。你说寒山子隐居天台翠屏山,好为诗,每得一篇一句,辄题于树间石上,"有好事者随而录之,凡三百余首"。这故事很浪漫,但将诗题于树间石上,何尝又不是一种发表方式,但你要小心,我们这个文学社会恐怕不会再有"好事者"来为你随而录之了。

你以一青年诗人而特别想自抄诗作成卷,藏之名山以待来者,未免忸怩之讥。创作是自我的要求,下笔轻重,原则上说来,谁也莫奈你何。然而诗人有时可能附魔,乖离修辞学,弃绝文法论,自以为超群者,并不少见;若一味只知道自修内省,走火的危险难免。设法将诗送去发表,正是诗人内外兼顾,互为调和的方法。何况我们致力文学创作,雄心之一有时还是想"正时弊",修正时代文风的缺陷,那么纵令你才学兼备,感慨万千,对时尚读物不胜鄙夷,假如你不将你身体力行的创作拿出来示人,证明你的产物可能优于凡俗流行的东西,则时弊永远存在,你再如何愤嫉都是枉然的。自我珍重到不与社会接触的地步,说是惜墨,倒不如说是狂傲自卑的综合情绪。这情绪须早破除,否则进了中年将更驳杂更纷乱,还可能掺进几许无端不得意的自怜,几许蹉跎岁月的悔恨,以及对朋辈工作成绩的嫉羡,遂一天坏似一天,变成一个贪巧脆弱的酸文人。

西晋太康年间有诗人名左思者，临淄人。左思少年时候学业时断时续，又因为貌寝，不善言辞，恐怕早有点自卑感，讨厌交游。可是他练得一手壮丽辞藻，那年闲居京师，决定步前人体例作"三都赋"。他"构思十年，门庭藩溷，皆着笔纸，遇得一句，即便疏之"，终于完成"三都赋"。这十年是他内省翻造文学的工夫，等作品完成，这个会被陆机嘲笑为"伧父"的左思，虽然那么不爱交游，还是正面设法要发表他的作品，因为他知道他这个系列比起班固和张衡所作并不差，所以放胆拜访皇甫谧，即刻得到名家肯定，国内"好事者"竞为作注叙，更得到在朝的司空张华所赞美，"于是豪贵之家竞相传写，洛阳为之纸贵"。

读这段故事，没有人会以为左思如此"推销自己"有何不可。可是《世说新语》说，他是先去找张华的；张华觉得自己以官方身份发言对他没有好处，所以转荐名士皇甫谧，果然奏效。假如照《世说新语》的讲法，左思是有点过分。我想我们若要设法发表十年构思的作品，也不必先去找在朝的官品题，否则大概就欠缺了一点什么——找在野的高名之士，美言几句，当然可以。

左思以后一百余年，陶渊明辞彭泽令归园田居，"常著文章自娱，颇示己志"。他那么多伟大的诗是怎么留传下来的呢？这样一个凡事不在乎的人？我时常在想。陶渊明作《饮酒诗》二十首，到底旷达人士如何发表他的诗呢？《饮酒诗》有序：

> 余闲居寡欢，兼比夜已长，偶有名酒，无夕不饮。顾影独尽，忽焉复醉。既醉之后，辄题数句自娱，纸墨遂多，辞无诠次，聊命故人书之，以为欢笑尔。

《饮酒诗》何等自然，靖节先生是何人哉！他当然不会捧着篮子里积存的诗稿去拜访司空于衙门禁卫之中。陶渊明珍惜他醉后的作品，所以请朋友代为誊写一过，也算是发表的方法，可是发表初不为洛阳纸贵，只希望知己圈子里可借之"以为欢笑尔"。总之，诗的发表也有这一层密切温和的心思。

古人如此。

古之狷介与旷达者尽皆如此。

我想象一个人写稿屡次，反复修改，终于完成了一篇新作，他左右端详觉得"极无两致，尽不可益"，接下来当然先就感动自我，再接下来应该有意也去感动他人——或者说是去试探他人的反应，看看能不能引起相似正面的效果。社会上流行的口味也许不可耐，违反了文学史进行的法则，但也可能正鼓荡着有利于他的风气,就等着他来投身参与。这些都是很难预料的。济慈二十岁以前试写了几首诗,不甚出色。一八一六年他二十一岁读《荷马史诗》,精神涤洗,下笔若有神力支使,好诗驭沓而出,第二年就印了一本诗集,引起伦敦文坛的注目。又一年即一八一八出版长诗《恩迪密昂》,却遭保守批评家攻击,嘲弄他的诗,连带也污辱他平民阶级的出身。他同时代两个出身贵族的名诗人,雪莱和拜伦(George Gordon, Lord Byron)非常同情他,尤其因为不出数年济慈就病故了,二人更断定是批评家把我们的诗人骂死的。这样说来诗的发表未免可怕,甚至还有致命的危险,可是事实证明,雪莱和拜伦都是想当然耳,济慈自己对那攻击看得很淡。

事实证明一八一九年七月济慈照常发表伟大的《夜莺曲》,而且就在身心交疲之际,陆续推出许多不朽的抒情诗和叙事作品,他的创作是追求,发表是试探,这些一直不曾停止,即使生活困顿,疾病缠绵,他的诗所展现的是一个充满艺术活力,进取超越的天才,没有叹息呻吟,甚至也不愁眉苦脸。他以持续的创作发表证明他疼痛的心胸反而是宽阔活跃的,他的理想悬在凡夫俗子永远无法想象的至高至远处,努力工作,不断挑战,直到一八二一年二月底死在罗马。

济慈的出身背景,使他的文学环境显得格外恶劣。

他追求独创的决心，有时会教他迟疑不愿打入世俗社交圈子，深怕只手掌握的艺术奥秘被愚夫愚妇所干扰。他是一个勇于探索、掌握，又勇于割舍放弃的诗人，则在千万辛苦的环境里，他不停止发表他的诗，这种剑及履及的作法，正代表一个果断的艺术家向环境挑战的志气。权威杂志的嘲弄不能阻止他，虽然他不执笔反击；对诗人而言，进一步大规模卓越的创作，堂堂推出问世，也就是最有力的回答，可以使那些卑琐的批评家愧疚惭悔，则诗的发表何尝不是一种拨乱反正的必要手段？

中国古来是有一种主张，认为凡事沉潜寂寥，反求诸己，以之扩充生命情调，外界渣滓不能伤害他，也不能帮助他。好像在某一重要的关头，忽然想通了，遂深入灵魂的深山大泽，再不回头。他在一缥缈神异的宇宙中，自我修行、磨炼、超越，以至于无穷。人生天地间的种种现象在他思索中碰撞、解决，变成一心无垠的大智慧，却不可捉摸，如云烟风色，不可诠释，不可传述，更不用说以文字辞藻记录了。智慧的目的就是智慧，是为了累积智慧，不是为了表达智慧。古来还有一种说法，写下来发表的文字，流传到我们手中的册页经典，都不能道出那累积于他心灵中的智慧。庄子书里说了这样一个故事：

> 桓公读书于堂上。轮扁斫轮于堂下,释椎凿而上,问桓公曰:"敢问公之所读者何言邪?"公曰:"圣人之言也。"曰:"圣人在乎?"公曰:"已死矣!"曰:"然则君之所读者,古人之糟粕已夫!"桓公曰:"寡人读书,轮人安得议乎?有说则可,无说则死。"轮扁曰:"臣也,以臣之事观之——斫轮徐,则甘而不固;疾,则苦而不入。不徐不疾,得之于手而应于心;口不能言,有数存焉其间。臣不能以喻臣之子,臣之子亦不能受之于臣。是以行年七十而老斫轮。古之人,与其不可传也,死矣!然则君之所读者,古人之糟粕已夫。"

读古圣贤书是读古圣贤流传下来的糟粕,智慧的末节和皮毛,而不是智慧,因为智慧不可言传,不可记载描述。有人从庄子出发,肯定思考,但否定著作;有人肯定著作,却怀疑发表只是枉然无谓的骚扰,如你所说的,不妨誊写清样一过,藏之名山,证明这一辈子不虚此行也就罢了,但不落文字障。

若是庄子知道有人如此拘泥于他一则故事的道理,一定哑然失笑。庄子何尝真的就那么沉默思考而已?他"以谬悠之说,荒唐之言,无端崖之辞"出之,遣参差讹诡之辞，成书则瑰玮，而连犿无伤。假如他不投篇作文，不发表，他如何批评当代，将智慧传播给后世？我们又怎么会有"君之所读者，古人之糟粕已夫"的体悟？假如他不，我们连糟粕也都没了。

人世间处处是主张，处处是理论，有些如暮鼓晨钟，发人深省，但论义所在又谲幻难认。我无意与你谈主张和理论。诗的创作当然是自我砥砺，也是自我排遣，这些都不可否认。诗的创作难免还有实证的目的，为了展示个性，提出主张和理论。往往，我们觉得时文卑琐可鄙，觉得流行读品去艺术理想太远，亟思有以正之。创作是最结实有力的表达方式，将你心目中新文学的定义浮现出来。固守书斋写它，修改剪裁，誊抄完美，接下去当然应该送出去发表，一种试探，一种挑战，是你对同时代文风的检讨和审判，并且毫不犹豫地现身说法，你以心血将日夜的关注凝聚在文字里；假如失败了，只能说是辞不达意，"有数存焉其间"，却不必以为诗的发表是精神的疏离，如你所悻悻然辩称的。

一九八八·四

朋　友

在你成长的过程里，譬若一白桦抽升，飘摇挺拔的风采，摩娑比邻左边一棵白桦的枝芽，右边一棵，前后附近那么多白桦的枝芽，那些是你生息的伙伴，竞争的对象，所以仰慕，扶持，解说疑难，倾听告诉，你全靠你的朋友。

风和日丽时如此，暴雨雷霆来的时候更须如此。黑云从正北移到，风声凄寒。空气凝肃，你们一一伫立原野，等待着，什么事情就将要发生了是吧？忽然云层开了一个破洞，是闪电，又一个破洞，是闪电，撕裂天上的黑幕，雷声隆隆，暴怒鞭打过惘然的大地，迸开的恐吓，带来急风大雨。你们顺风雨的方向屈服，随即互使眼色趁风雨不注意的时候,坚毅弹起,英挺地站在那里。因为有了朋友的关系吧,这上下不断的抗拒似乎便带有一种豪迈的气度,在一片多林木的原野上,听雷霆的声音,看闪电的颜色,几乎就像是生命舞台上的灯光和配乐,于是你们年轻地起舞,并且修正着手势和脚步,并且持续生长,茁壮,那样快乐地竞争着,如暴雷雨下的白桦树,也如平时好风日里的。

我记得这些。在我刚提笔写诗的时候,经验无非如此。我知道感受深刻的原因之一,是那时代的社会普遍不接受现代诗,以我们的创作为恣谑取笑的对象。在我们年轻多幻想的心中,诗是提升自我,超越同侪的手段,诗是秘密,是荒山的雷泽,沧海的仙岛,这些悉数完整地属于我,是我不可探究的梦。我们在嘲弄和冷漠的眼色里成长。你记得那凄寒的满足感,或者说是温暖,当你和朋友斜倚一棵庞大的老榕树,面对海水,眼前一片碧蓝的天下一片同样碧蓝的汪洋,白云三两在上,渔船四五在下。你们交谈着什么,诗的用字和诗的顿挫音节,那一类问题,将平常人永远无法探究的的梦拿来安静分享,树叶窸窣翻打,阳光闪亮,不知道什么时候天容和海色又变了,是白云四五在上,渔船三两在下,断崖下嘟嘟驶过一节小火车,灰烟喷起,散在茂盛的蕃薯园里。"他们通知我,两首都登在下一期。"一个说。"两首?""两首!""奇怪,"另一个问,"他们怎么那么好,还写信给你?""我附了一个贴了邮票的信封,本来是预备退稿的。"他高兴地笑。

少年时代很依靠这种怪异的交谈,来支撑那无穷大的幻梦。有时并骑两部脚踏车,迎风慢驶,断断续续地说着一件素材,例如垂柳、鸭寮、芦花,常常跳跃在眼前,即刻将融进心里,让文字捕捉入诗的意象。你可以在朋友的眉目间,看到自己的眉目。脚踏车正快速向坡底滑落,一时不再多语:"在我年轻的飞奔里,你是迎面而来的风……"夜里我顺手写下这样的句子。你是诗,是文学的梦,你是朋友。坡底下是一座长长的石桥,拔起水面十二公尺高。我们一脚搁在桥栏上看绿水向石墩前后打转;河流斜斜绕过小山,树木葱茏两岸,高处是一排昂然古松,映在全世界最高的天空;向左边看,那是宁静的街市,悄悄没有声响。河的来处无非巍巍大山,去处就是刚才那海,现在它在左后方——忽然嘟嘟声中那可笑的小火车又出现了,从北朝南开,慢慢驶过海岸上的铁桥,灰烟喷起,迅速向下旋流,顺风压到水面,失去了踪影。

我已经对你说过诗的创作多么寂寞,因为它最最重要的是"垂帷制胜"。簾帘落下,独对孤灯,在无垠无涯如宇宙的一张白纸前面,尝试去体现抽象,落实万物。那时你迷茫萧条，再无援引。这是寂寞。然而作品完成的时候，你不免惊喜跃起，充满了呼朋唤友的欲望。有时不期然还遇或于雨廊之下，立看一首二十行的短作，驻谈片刻，交换心得，一整天都是快乐的。有时出门寻访他，口袋里一束新诗，偏偏他又不在，只好回来，到家门不远桥头，看他正从你家巷子出现，原来他也有了新作。那时你再也不觉得寂寞了，艺术之美是不可当的。这些奇异的快乐持续鼓舞你，通过尴尬的岁月。即使有一天朋友分开了，各自飘荡到人间无法想象的方向，在孤独和转变的光阴里，偶尔想起曩昔提携，扶持，分享创作秘密的情谊，即使在中年多次毁于哀乐之后，也能以那些片断的记忆医治岁月的乡愁，向前追求一种救赎。

我们都在那段时日里赢取许多友爱关怀。半生以来，这何尝不就是我们工作的动力？我曾经固定为一个朋友在信里誊写诗稿，一封一首，数年不断，而朋友也固定对我的新诗提出批评——可惜这些信都毁于一台风过境的阁楼。那应该是少年热情和执着最美丽的表现。我读过杨唤的书简集，他写给几个年龄相当的朋友的信，浪漫的理想主义，细致多情，何尝不正是他们维系艺术信仰的力？

朋友在一起都做些什么呢？难道整天谈诗？

说不定就是。最近我看到一幅清朝初年的画，值得一提。画是项圣谟和张琦合作，两人都是明朝的江南遗民，项画背景，张画人物六个。这六个人当中五个是文人董其昌、陈继儒、李日华、鲁得之和项圣谟自己，中间又杂坐一僧名秋潭。画题《尚友》，有项写的长跋说明人物因缘。这六个朋友坐在松石之间，形容闲适，态度安祥。画当中二人，一个戴晋巾穿荔服的是董其昌，他右手执画卷的一端，左手在比划做讲述状；那画卷另一端在戴蓝角巾穿褐衣的陈继儒手里。二人凝眸而视，清癯中自有精神。陈继儒左前藉几坐的是秋潭，再过来是戴唐巾的李日华，宽袍袖侧摆着一只茶杯。董其昌右前方戴明巾"如病鹤者"是鲁得之；项圣谟则将自己安排站在陈继儒后，戴高角巾，衣素，面微笑，右手指点若求教于董其昌。

这幅画作于顺治九年，距崇祯之死已经八年，距清兵下南京也已经好几年了；虽然永明王还勉强支撑大明正朔，其实江南的士人知道一切都已经完了。作画时，六个好朋友当中只有鲁得之和项圣谟自己还在，其余四公皆作古矣。大局面的变化使得画者决定将朋友们都戴上具有象征性的古代巾帽，除了那光头和尚；鲁得之仍然在世，故着明巾，至于项自己，角巾素衣也堪歌唱哀江南了。这是一幅追忆亡友的画。那么，朋友们在松石间聚会，谈些什么呢？这是一幅追忆旧时雅聚说诗论画的画，殆无可疑。项圣谟跋后又题一首七绝曰："五老皆深翰墨绿，往还尚墨称忘年，相期相许垂千古，画脉诗禅已并传。"朋友在一起消磨时间，来回析疑，或甚至互相标榜，目的只是"相期相许垂千古"罢了。

这幅画读来就像寒天下午读向秀的《思旧赋》。人生际遇，冷暖不可预料。偶然相值，以诗心撞激出越绝的火花，那时刻或长或短，总是令人珍惜。去年有朋友赠我一位前辈累积的书艺集，我以三个月时间慢慢翻阅一过，发现老先生写《思旧赋》数次，早有所感，但又不知道是什么，想来无非"惟古昔以怀人兮，心徘徊而踌躇"。这次细视《尚友》图，才懂得这其中纠缠的思索。

这感慨似乎带有无穷忧郁之美。每一个人都得等到中年以后才会有其正的离群的叹息，则这其中苦涩阴暗的情调就很不为你这么年轻的人所能理解了，虽然你独多觉悟、敏感、多情。在你的年岁里，一切际会都好像自然而然，真的就像是"迎面而来的风"啊，使我们几乎还不懂得珍惜。可是你应当珍惜，须知朋友促膝拊掌的片刻时光，再短暂也罢，都是上天赐予的福祉；若是你不相信，也唯有在上天无情的运转，岁月的递嬗里，有一天你也逐渐老去，忽然惊觉：人呢？他们都到哪里去了？向秀知道在仓皇的政治变故里，他们"各以事见法"，死在洛阳；项圣谟知道他们在亡国前后都已作古，如今只能让丹青再造神气，教他们着晋人、唐人、宋人的巾帽，寓抗议于追忆的痕迹里。我们稍不小心就会发觉一切都变了，茫然不解。孟浩然飘泊东西归来，发觉一个好朋友竟已亡故，他焦虑地在闾里间打听："怎么死的？"转来转去不得要领，原来旧识也星散殆尽了，"把臂几人全"？难怪再也问不出消息来了。

然则，我们是应当知道珍惜了，知道把握那上天赐予的好时光。你和他们擦身而过，因为太熟了，原来并没有什么惊奇的感觉。从前我读翻译小说，好像是《约翰·克利斯多夫》吧，也许不是——上面写到一个使我少年情怀也受震动的事。那人在无穷沧桑之后，坐在火车上，奔向感伤的旅程。他心中仿佛平静，仿佛不安。火车在一不知名的站上停靠，他推窗外望，刚好另外一列火车进站，也缓缓停下。那相对的窗子里坐着一个熟悉的面孔，两人都发觉原来是多年不见的朋友，惊喜地喊了起来，可是正当他们要开始交谈的时候，他的火车"呜"的一声，又已慢慢驶开，终于奔驰起来了……我一直记住这个故事，可是不能确定是在哪一本书上撞见的。郑愁予有诗《小站之站》，写了一个和这个很相似的经验，或者是"想象"可能如此。"会不会有两个人同落小窗相对，"他说，"啊，竟是久违的童侣？"

会的，久违的童侣，少年的诗友。

十年前我独自去到台东住夜，将往兰屿岛上旅行。第二天清早我必须搭小飞机出海，而就在驶往机场的交通车上，不期然遇见一个十多年不见的朋友。我问他："去哪里？"他说他也去兰屿。我们感慨地站在车上讲话，错落问些别后的事，却不知道怎么把握时间交谈。我要去的是兰屿东边一个海岬，他是去兰屿西南边的山阿，所以从小飞机下来就分手了，在兰屿岛上，一分手又是十年已过。这个朋友是谁？他就是很久很久以前说"他们通知我，两首都登在下一期，两首"的，我久违了的少年谈诗的朋友。

少年朋友多是不知其所以然就有了，往往也就不知其所以然地，忽然就不见了。有时回忆起来令人心痛。年岁渐长，朋友来自谲诡多变的风云际会；相聚的时候可以壮怀激烈，或沉吟嘘唏，谈诗，谈画，谈音乐，甚至辩论政治问题；分开了也还写信，捎寄新书。你现在还没有超过这两三个时期，应该是快乐的。写诗固然是一己的事，有人相与勉励总是你向上激发的力。古人"同处则以诗相娱"，我们至少也须如此；朋友不在周围，"索居则以诗相慰"，我们还要更多一些。知识的砥砺，智慧的鼓荡，想象的交击，这些只是朋友相处，或两处索居的时候,亟于想做的事。华滋华斯和柯律治友谊最清最笃的时候,正是两人诗的创造力最旺盛的时候。一旦疏远,各自都衰荼下来了,原来那种飞扬的精神一天天消灭,再也找不回来了。

到了一个年岁,凡事颇知其然,也知其所以然;风云必须创造,际会可以安排。陶渊明《移居》:

> 昔欲居南村,非为卜其宅。闻多素心人,乐与数晨夕。怀此颇有年,今日从兹役。敝庐何必广?取足蔽床席。邻曲时时来,抗言谈在昔。奇文共欣赏,疑义相与析。

他多年想搬家到这"南村"来,不是因为新房子有什么特别(房子只要够大够住就好了),而是喜欢这里的邻居多"素心人",可以时相过从谈天,更可以一起欣赏奇文,解析书中的疑义。素心人便足以为朋友。朋友一起来欣赏古人的奇文,也欣赏彼此草成的近作,谈论其中的奥义和辞藻,生活便不再寂寞了。和好朋友住得近有什么优点?《移居》又一首曰:

> 春秋多佳日,登高赋新诗。过问更相呼,有酒斟酌之。农务各自归,闲暇辄相思。相思

则披衣,言笑无厌时。此理将不胜?无为忽去
兹!衣食当须纪,力耕不吾欺。

每个人都有他"农忙"的时候,那时我们不喜欢分心交际。每个人也都有闲暇百无聊赖的时候,就更想找朋友谈天,斟酌酒杯,传阅新诗。朋友们倏忽来去,言笑欢喜,再读自己经过朋友评说的新诗,觉得特别充实完美;想起刚才对朋友作品提出的意见,讲得那么适当得体,宁非神来灵感?太得意了。

朋友住远了,如白居易之意,就"以诗相慰",所以他集子里充斥着赠元稹和刘禹锡的诗,有时令我们千载以下觉得太多了。像陶渊明这样兴来就想"过门更相呼"的,若朋友住远了怎么办?和他同时代的王子猷的办法依然是设法探望。王子猷住在山阴(现在的绍兴),夜里大雪,一觉没睡完就醒了,将门户大开,对着"四望皎然"独酌,绕室咏左思招隐诗,"相与观所尚,逍遥撰良辰",忽然想起住在剡的朋友戴安道,即刻动身前往。剡离山阴绕道而行约一百公里,乘小船溯曹娥江去,到时天早亮了。可是到了,王子猷并没有上去敲门,又掉头回程。问他为什么,王子猷说:"吾本乘兴而行,兴尽而返,何必见戴?"朋友是琢磨自己感性情操的他山之石。有他在那里,夜间

大雪才会想到左思的招隐诗，才会动身相访，也才会"兴尽而返"。这名士的事迹变成任诞行为最美的极致，到今天还令人心向神往。

朋友都是这样帮着你，有时只是默默不多言，你就不大明白了。精神的层次无从解析，崇高丰饶，终生受用，永远都存在。现实物质上也未尝不反复施予，有时竟只为了诗。艾略特三十岁以前在伦敦写博士论文，同时已经发表了《普鲁弗洛克》等若干诗作，可是又无文名又穷，并且妻子多病，困顿不堪。他在一个初中教书糊口，后来又进一家银行任职，工作是核对外国银行的收支报表，每周赚两镑十先令。他觉得银行工作比教书好得多，因为下班以后的时间全部是自己的，可以用来写作。有一天伦敦有名的文学杂志《自我》（*The Egoist*）忽然来聘，请他兼差当助理编辑，一年薪水三十六镑，足以贴补家用。艾略特很高兴，却不知道那工作是庞德帮他争取来的，而且薪水三十六镑也是庞德掏腰包提供的。为了造就一个他心目中有希望的重要诗人，庞德倾尽心血，甚至有至于此者，不但为他修饰删改作品，还偷偷帮他改善经济生活。事实上，庞德不只对艾略特如此，他还照顾过另外好几个流荡欧洲的美国青年作家，包括海明威和佛洛斯特（Robert Frost）在内。

"二次大战"结束，庞德被美国政府从意大利引渡回国,囚禁在医院里,名为精神失常,其实联邦检察官已经对他起诉,罪名是叛国,因为大战期间他曾公开广播歌颂墨索里尼,批评美国政府。一九五四年海明威获诺贝尔奖,直觉认为庞德更够资格,一度想把奖牌拿进医院转送给他。庞德囚禁医院的十三年间,大西洋两岸知名诗人和小说家不断为他请愿,直到一九五八年终于获释。获释前最后一次出庭,诗人佛洛斯特前去作证,特别提到他代表一群朋友讲话,而朋友中当然有艾略特在内。庞德出医院即回意大利。晚年他写信给里查·奥尔丁藤(Richard Aldington):"积劳甚觉疲乏,还有些别的乱七八糟;时常想到早年的朋友交谊,以及近年——我的意思是,我对你怀有永远永远的感情。"奥尔丁藤不是别人,就是当年伦敦《自我》杂志的编辑,因为入伍从军,艾略特才在庞德的安排下接替了他的工作。我们今天判断,庞德的诗将会传下去,他那"永远永远的感情",对许多才华出众的青年诗人和作家的照顾关怀,那些故事更将完整优美地传下去,在西方好几部结实有力的文学史里,作为一个伟大的朋友,他是存心如此,不是偶然,不是奇迹。

一九八八·五

声　名

诗和声名？这真不知道应该从何说起。

近来季候冷热无常，晴雨变化。我幸亏很能致力于书案之前，在这种时候，于文字里整理头绪，探索唐代诗人的生平事迹，兴味无穷。诗人们性格操守个个不同，这是可以想象的，生涯经历当然更加不同，但形诸文字可以让我们体会的消息，都已经过滤一次或者多次了，所以千载以后坐下看他们，反而觉得都是些典型罢了，说不上活泼生动。我自以为有把握为大半诗人定位，供奉在某一个适当的壁龛，但我不相信我能为他们画出栩栩有独特血色的像。

诗人的真性情真面目到底什么样子，我们不确知——他对个人声名的看法如何？则更错综复杂，隐藏在一层修辞的烟雾后面。其实所谓声名本具有一定的幻动的色彩，飘浮漠漠，尤其是诗的声名，难怪当事人不知如何看待它，不知如何表达他拥有的心境，失落的情绪，青云凌霄，迎之拒之的手势，因为甚至连普通的旁观者都很难品鉴一个诗人的成就，很难断定他属于某一特定年代的代表性，当我们有时昧于学识和艺术的标准，有时则为闪烁于那些诗人四周的褒贬言辞所眩惑。

天宝中殷璠编《河岳英灵集》，选二十多位诗人的作品成一部三卷，独不见杜甫的诗。同时芮挺章编《国秀集》，李白和杜甫都付之阙如，而选得最多的是一个现在已被我们忘掉了的吏部员外郎卢僎，其次才是尚书右丞王维和太仆寺丞崔颢。大历以后出的选集多从当代新人作品摘录，更不用说了。现在我才知道为什么白居易在给元稹的信里将李杜两人大大嘲评了一番，而且元和以后的风气率然如此，使得韩愈很看不惯，《荐士》诗里于初唐诗人只提陈子昂，盛唐"勃兴得李杜"，《调张籍》则明白倡道："李杜文章在，光焰万丈长，不知群儿愚，那用故谤伤？蚍蜉撼大树，可笑不自量……"蚍蜉群儿指的无非元白之辈！李白诗曾说"希圣如有立，绝笔于获麟"，断然有文章匡世之志，却在另外一个地方说，"但奉紫霄顾，非邀青史名"，似乎对眼前身后一切都很觉得失意，转折迂回的修辞技术下，又制造了一种"顾无苍生望，空爱紫芝荣"的隐逸气息，使我们后代人仰望为难，不知道他心里想的到底是什么。

非邀青史名？当然未必。不要说治平功业之名，就是文名也令人耿耿于怀的啊。事实证明李白就是如此。他曾自比追求的是古圣人的事业，却立志以诗的方法去企及那事业；他说他的志向在"删述"，而且要将那成绩传给后代人去缅怀记忆，所以说"垂辉映千春"。时空茫茫，文献又浩瀚如海。我们今天站在多元多媒体的二十世纪向古代张望，一千两百多年前李白抑郁死于长江岸上的当涂，真死于大不得意的情绪，连诗名是否能够长有，都没有把握。我们再想象，他死前憔悴飘泊于丹阳和宣城的路上，生活依靠亲友接济，纵使诗心不死，却是寂寥难当——想象他站在战争的伤害还没有愈合的他乡，也向古代张望，也向上推一千两百多年的样子，在泗水之滨，有那么一个"志心在删述"，并且绝笔于获麟的老人早晨起来了，负手曳杖在门外逍遥散步，歌曰："泰山其颓乎？梁木其坏乎？哲人其萎乎？"又过了七天就死了。

岁月无形，天地辽廓。今天看来，所谓声名之有与无，对孔子说是没有意义的，对李白则完全不是问题，虽然他的朋友说"千秋万岁名，寂寞身后事"，这其中包含了不少自负，一些辛酸感慨。谁能断定声名有没有呢？谁知道诗人他自己到底在不在意呢？大半的生命消蚀于风波和尘土、关塞、江湖，而诗是吟咏着的，用各种可能的形式将内心无穷的恋慕和愤懑一一表达，梦游留别，醉起言志，敛容此一时，散发彼一时，专心在无形的岁月里跋涉，在辽廓的天地间俯仰，诗是精神的具象表现。谁都知道声名是有的，"夸胡新赋作，谏猎短书成"，知道他自己终于是在意的。可是死后不久，墓木未拱就被后辈指摘诗风不良，"索其风雅比兴十无一焉"，到底是怎么一回事？

然而，我们这样思索这些问题，突出一层又一层可怕的误解。诗人势必经历他当代的冷漠，他继起一代新才子们的蛮横，以及此后千秋万岁的偏见。孔子迄今两千四百余年，李白正站在这绵亘时光的中间一点。我们记得我们的诗人，读他的诗，选择一些想记的去记，翻出一些习惯读的去读，大多数诗的读者都是具有惰性的，所以就在简约轻巧的选集里摩挲一些熟悉的，令人心折沉醉的小句子，没有耐性发掘诗人的深度，没有勇气纵横他的广大世界。我们往往没有那种决心去体验他的体验，或至少也应该去经验他的经验。这不能只怪我们现代人浅薄，实则古今一同。萧统写陶集序，对《闲情赋》独不以为然。数百年间没有人敢赞一词，都以它为白璧微瑕，一直到苏东坡出，有一天舟中读《文选》，才"恨其编次无法，去取失当"，结结实实把昭明太子批评一顿，顺便笔端一转，也将那陶集序文拿来曝光，称萧统"乃小儿强作解事者"。

我想象苏东坡生气骂人是有道理的，"小儿强作解事"，不懂装懂，这种情形果然古今一同。《闲情赋》有诗人自序，明明说他是在追踪张衡和蔡邕的先例，"始则荡以思虑，而终归闲正，将以抑流宕之邪心"云云，结构方法，导向文学的讽谏效用。这么简单的道理，萧统竟把握不住，勉强举扬雄的话来作试金石（touch stone），谓文章须"劝百而讽一"才好，而《闲情赋》不幸通不过那试金石的考验，"卒无讽谏，何足摇其笔端？惜哉！无是可也"。东坡生气，我猜除了因为萧统看不出诗人的实际意向之外，可能也觉得扬雄何许人也，他的烂话怎么可以拿来度量陶渊明？我们现在进一步检讨，知道《闲情赋》意象比喻之美，千古少见。例如诗人写恋慕心情，用了十个但愿想象之辞，一时说"愿在眉而为黛，随瞻视以闲扬"，一时说"愿在昼而为影，常依形而西东"，意思是如此便可接近美人；又例如，假使是衣裳，就请让我做那带子，"束窈窕之纤身"；假使是竹子，请让我做那团扇，"含凄飙于柔握"，让她紧紧拿住我。这是多么惊人的比喻！这是人间最高等的想象力在运作。

罗密欧翻墙入朱丽叶家的庭院，躲在花木丛中。忽然朱丽叶从阳台上出现，罗密欧说："安静，上面窗子里透露的是什么光？"然后一口气作了二十几行诗的独白，形容朱丽叶之美，对黑夜倾诉强烈恋慕之情，可是阳台上的人并没有听见。忽然朱丽叶支颐栏杆：

> 看她现在一手托着脸颊！
> 啊我但愿可以作那只手套，
> 就可以这样碰到她的脸了！

> See how she leans her cheek upon her hand!
> O that I were a glove upon that hand,
> That I might touch her cheek!

陶渊明死后一千两百年莎士比亚也想象到这个比喻，在相似的情节当中，写出西方文学里动人的情歌，付以浪漫的戏剧张力。陶诗比喻之美唯知者遇之，不是人人看得见的，所以才有萧统的不解，钟嵘的不通，自取其辱，也所以才有苏东坡生气骂人之事。东坡所关怀的，是陶渊明的声名不容诋毁；我们大略也顺着这一条理路在想。

诗的效用广泛，有时却又不是短暂时间就可以见证的，要等到另外一个纪元，另外一个世代，去展开它的影响——假如真能等到的话，假如真有影响的话。许多诗也朝生而暮死，如晨间大雨后的荒郊，刹那间蕈菇作矣，竞妍争艳，不到黄昏就一一枯竭颓死，徒然在我们记忆里留下一片怪异的印象，或什么都没有留下。我们埋首从事一件飘摇不可预测的工作，那么抽象，可是我们又从不忘记以现实奉献为意志，为理想，不断以艺术的正面功能相砥砺。我们到底能做多少？做了以后又获得什么样的回报？或许什么都没有，或许这一切只是人类天赋那创造的本能，在一阵操作之后，完成了整个运动的过程，获得满足，也就如同血液的循环，这样自然旋转向它必须到达的一点，快乐的，因为我们确实能于无中生有。

快乐的，因为你已经在这工作过程里感到创造的喜悦，甚至臆知有人将和你分享那喜悦，不只是短暂的一天，或是未知的一个年代，或说不定你将保有"千秋万岁名"呢，谁也不能说一定不行，纵使这一切毕竟还是寂寞了些。你来信提到声名一点，我无从正面评论，但想起古之诗人多须遭遇诠释和批注的横逆，我们又算什么呢？声名若属于你，就已经属于你了，纵使有人这样怀疑过，为我们说得透彻：

名岂文章著？

诗与真实

歌德（Johann Wolfgang von Goethe）六十五岁左右，有人为他编全集，诗十二卷，并写信请他就作品性质审订一次，排出时代先后的次序，又希望他以"高寿睿智"的心，对一些诗之成篇经过有所说明，以补充诗本身所未能透露的讯息。

六十五岁的歌德虽然自知已经上了年纪，但一点都不觉得老迈，创造力之旺盛，比起他殷殷瞩目的青年诗人如拜伦一辈，绝无稍逊。他因为这简单的因缘，竟然动手写出了一部自传，《诗与真实》（*Dictung und Wahrheit*）。

起初，歌德觉得为旧作补写说明应该不难，乐于应命。"因为,"他说,"年轻的时候,我们服从的是自我热情的向导,执着于一条断然抉择的路,而且为了工作时心无旁骛,往往拒绝他人的要求,毫无通融余地;到了老年以后,若是人间出现了这种温情能够有礼地激荡我们,促使我们投入一件新的工作,这毋宁是福分。"所以他即刻从事,为自己的长短诗作系年编排,追忆创作的经过,一一附注篇幅前后。"可是这工作很快就变得更不容易了,因为我必须举出完整的解释和例证来填补许多空白,那些夹在各种已公诸于世的系列间的空白。"发表了的诗作,无论长短,是歌德所谓"已公诸于世的系列",而没有诗的日子,就是夹在其间的"空白"。诗是他的目标,没有诗的日子未尝就不是他生命真实的一部分。正如他自己说的,除了已发表的诗以外,他还勤于习作草稿,也有很多未完成的和大致完成了的佚文,以及被整个改写入别的地方的片段等等,何况歌德还不断追求着科学知识和其他艺术课目。虚与实,对一个持续完整的创作生命说来,仿佛又是实与虚,这二者矛盾相生,若有若无。

我们倾心尽力在追求诗的完美,为的是肯定生命无憾,而你既然选择了诗作为你企及那方向的手段,则诗的获得,在你心智和体能所允许下突出了特色,为你所接受,也为他人所接受,诗的获得当然是你生命里正面的成就，诗是你的真实。然而，你晨昏坐卧，徜徉大地人间，你行动、交谈、喜怒哀乐，这其中有些并未经过你艺术的捕捉和转化，更未曾经过调和琢磨，不能以诗的形状公诸于世，或如歌德所说，你内心一连串感情的波动，外在声色的冲击，以及通过时光一步步踏过去的路途，在这政治社会里，许多因素都没有进入你的诗，当然更无由以艺术面目为他人所接受了。可是我们能说这些不是真实吗？不能。然则，诗是真实，无诗也是真实。

长久以来，这个信念是不变的：人生短暂，而艺术永恒。或者有人问你为什么特别选择了诗，作为追逐永恒的手段，于是你将那问题拿来问我。在我看来，诗只是这当中许多方法之一，诗并非绝对——我的阅读经验和观察教我不能太相信绝对，因为在朝向真理的路上，是有许多许多追逐者，使用不同的方法，砥砺意志，锲而不舍。若是我们能够透过这个方法创造了诗，同时在这诗里展现真理，则当我们掌握到那颠扑不破的美与真，我们再无遗憾；若是我们发现了诗，以文字技巧和理念完成了一首诗，而诗存于迷惑之中，不能提供那掌握真理，追求永恒的手段，我们显然是空忙了一场，那选择到底是对是错，也就难怪你觉得是问题了。在这种情形之下，我们可以说诗是目的，诗也是手段，我们说诗是人生的真实,诗也是人生的虚幻。

然而有些人还是忧虑过了头。

对一个像你这样的青年诗人——本来你就应该执着简单的理想,无虞虚与实,目的或手段。任何美的创造都是"永远的欢悦",即使不能在现实人间获得印证:

> 美的传说是欢悦,永远的:
> 它一天比一天感动人,再也不
> 消灭于虚无;它不断为我们
> 提供一清静的园圃,睡眠
> 有了好梦,健康、安逸的呼吸。

> A thing of beauty is a joy for ever:
> Its loveliness irrcreases, it will never
> Pass into nothingness; but still will keep
> A bower quiet for us, and a sleep
> Full of sweet dreams, and health, and quiet breathing.

济慈说"任何一件美丽的东西",事物,或者感觉、经验、传说,都是永远不灭的快乐,而且在我们生命中自动扩张,与日俱增,将使我们不贫乏枯竭,却使我们富庶豪华，因为我们想象庞大，追忆久远。所以当你航过爱琴海，但觉烟波浩瀚，处处有神，其实只因为你曾静坐斗室，通过阅读古典以接近希腊的神话天地和英雄世界；若是你没有那阅读想象的经验，爱琴海兀自烟波浩瀚，和波罗的海、日本海，完全一样，"水，水，到处都是水"。你北上内蒙古，于寂寥的火车厢里支颐独坐，乍见黄河流过窗外，夕阳西下，忽然记起一句唐诗，"长河落日圆"，你心中激越兴奋，自觉正在和古人分享一件宇宙大的大秘密；而坐在对面那人也看夕照河水，却好像漠然没有感觉，他不曾读过"长河落日圆"。你和古人分享秘密，美的秘密。

这秘密之享有与否，真和人生是非有那么大的关系吗？对面那人看水面落日光影，不见得完全不动心，或者他也动心，只是不知道怎么表达而已，心恐怕是被触动了，自己也觉得奇怪。诗人又说"美就是真"。我们照这线索追究下去：你若接近了美，也就到达真的边缘；你若创造了美，便也创造了真。

到这里，底下必然延伸出来的一点就是：诗难道一定是美？

我们俯仰天地，当然遭遇一些横逆，可是有时也会自觉或不自觉地为周围人物制造横逆。这是一个多冲突多灾厄的时代，谁都看得出来，所以只要你保持心思敏锐，便将无所逃于天地之间。你向东西环顾，罪愆暴力；你向南北，阴谋欺凌，这是一个充满贪婪、自私、伪善的世界，因为这是一个人的世界，人在营苟扰攘，在推拉拥挤，人在散布恶意的流言，在制造肮脏的空气，人在诅咒，在谩骂，在嘲弄。这是一个以嫉妒、仇恨为常态的世界，噪音穿越你局促的空间，细菌在公共饮水机里繁殖。这样的世界，现实存在的社会，谁都不能否认，我们无时不在这些沮丧的因素群中碰撞、跌倒、爬起，假装不痛，希望明天会好一些。谁都知道，其实明天大概还像是昨天，前面更是一连串冲突的岁月。

在这种世界里，写诗怎么可能只为了捕捉"美"呢？我知道你很明白，除非你能随时把眼睛闭起来，耳朵也关起来，在遭遇邪恶的时候，假装"没有看到"，并且教你的心思麻痹，不对是非产生反应，在严重的刺激之下，保持一样的冷漠——但这是办不到的。诗不能自画牢狱，排斥题材。虽然诗不一定是为反映现实而作，更当然不是为反映某些特定的现实（如政客野心家所指定的那些）而作，诗也不掉头离开人间的现实，诗不能只为追求非人间的假象。是的，当我们拒绝接受政客野心家的指导时，我们知道我们是立足于艺术的自由，以及艺术至大的涵容——诗人不能甘心只为他们那些人传声宣扬。然则，艺术的自由和涵容到达绝对至大的时候，也表示应该是它超越艺术家个人好恶，是它诚实对待阳光下（以及阳光照不到的）一切真相的时候，是它公平、率直，毫无迟疑的时候。诗应该这样正面逼视这个世界，纵使其中充斥许多不美，一如诗正面倾向这世界上无穷的美。

正面逼视人间的不美，但我们并无意以诅咒附和诅咒，以喧嚣回应喧嚣，我们在诗中表达了对灾厄冲突的关注，并不只是以文字正确地记录了灾厄和冲突的具象，血淋淋的暴力残杀，呐喊和殴打。诗不是显影的机器，无由全面反映具象——诗是一种艺术，它整理现实，将具象的声色转化为抽象的理念，去表达诗人的心思，根据他所掌握到的诠释原则，促使现实输出普遍可解的知识；诗不复制具象事件，诗要归纳紊乱的因素，加以排比分析，赋予这不美的世界以某种解说。当一首诗完成的时候，即使我们发现它所处理的主题是嫉妒和仇恨，是愤怒和血腥，如莎士比亚的《奥赛罗》（*Othello*），它终于还是完成了；于是它处理的主题虽然不美，它之为一首诗，一首以戏剧张力推展开来的大诗，它那"完成的内容"（achieved content）却是美。

如此，我们正面逼视这世界，以一心独得的钥匙去开启爱与死的奥秘、描写、解说、阐扬、批判。我们化具象为抽象，因为具象有它的限制，而抽象普遍——我们追求的是诗的普遍真理。具象有美丽和丑陋，可是当它完成于诗的篇幅世界时，因为经过了我们的整理和转化，它就是完成了的，是诗，是美。

你如果能够领略诗的这一层性格和目的，你将义无反顾地投身于美的追求，如济慈所说，因为"美就是真，真即美"，再不犹豫，再不踌躇，因为当你正面逼视这世界的黑暗，并且将它展现于诗，你在创造艺术之美，而当你正面逼视这世界，捕捉人生的温蔼和慈善的时候，你是在创造着艺术之美。也唯有领略了诗的这一层性格和目的，你才知道你再也不会排斥任何题材，正如你不服从政客野心家，或财阀教会的指导一样，而天下一切题材和观念的取舍端赖你充沛的意志和知识来决定，诚实的、直率的、完整的、快速的。唯有如此，我们才会了解诗人之所以说美是永恒，不断为我们提供一清静的园囿，而且睡眠里有了"好梦，健康、安逸的呼吸"。

一个人不可能将岁月生活里每一刻安逸的，或者惊骇的感受全都捕捉到精神世界中检视，确定它是不是将变成艺术的素材，以那么庞大的心力对付匆匆的人生。诗之来去，不可思议；有时你会觉得诗是需要追求的，但我想所谓追求，最多只是我们个人平常积学以储宝，酌理以富才，研阅穷照，驯致绎辞的工夫，或者偶尔特别要求一点虚静和沉潜，"疏瀹五藏，澡雪精神"，造成一随时预备停当的状态，物我授受，了无牵扯。李贺每天骑弱马，带小奚奴背锦囊出门，"遇所得，书投囊中"，到天黑回家，就加以续成。我也有朋友口袋常携小簿本，谈话间偶然会抽出疾书，询之，则诗的素材笔记也。这种追求方法不是我所能想象。我不能想象一个人日夜以诗为生活，以诗为一切思索考虑的中心，为求知辨证的中心。我恐怕以那种方法追求诗的，再也不会想到艺术的虚实有无，而歌德所谓"诗与真实"也和他们不相干了。

除了诗以外，一个诗人（如歌德）还忙于许多别的工作。诗他已经公诸于世，其他工作夹在他编排完整的诗集里，是一片片空白，如艺术、音乐、科学、政治。歌德当然不可能也骑弱马带小奚奴背锦囊去寻诗，因为他兴趣太广，不可能只做一件事度其一生。不写诗的时候，他写日记和信来为耳目所及心灵感受的景象和情绪留记录，这些也是夹在诗集里的"空白"，例如意大利之旅废墟怀古所记。然则诗又是什么呢？诗和"真实"相对的时候，诗是什么呢？歌德自传提供了这样一个讯息：所谓真实乃是一生经历体验的具象全部，美和不美历历在目，来不及转化为诗，只停留在散文的层次；而所谓"诗"指的是那些整理过的部分，转化提炼，将人间一切美与不美取来照明，在艺术的篇幅中企及抽象境界，往往也就有美存在于"完成的内容"中，它不是具象的素材，是活泼生动于抽象形态下的艺术，它是诗。这二者不可能偏废其一，诗人一生的阅历正是"诗与真实"之交织，诗是真实，无诗也是真实，所以真实是真实。

否则我们不如也附和另外一种人的说法：诗是虚幻的，无诗而营苟扰攘的一生又何尝不是虚幻？庸碌度过的岁月，或甚至豪情万状完成的一生，又何尝不是虚幻？真实是虚幻。

> 现在我的魔法已经解体，
> 所有这点气力真属于我自己，
> 就这么一点气力。现在不错
> 我将留下被你们在此地禁锢，
> 或者遣归拿玻里。因为我
> 自有我的大公国，而且还曾经
> 那样原宥了一个叛徒，请别
> 让我在这荒岛为你们所制；
> 请释放我，从枷锁中解脱，
> 请用你们善意的掌声助我。

请将你们温蔼的好风注满
我的帆，否则我本来想取悦的，
全盘计划都败了。现在我已失去
使唤的小精灵，蛊迷的法术，
我的下场难免可哀可叹，
除非我声声凄厉的恳求
能撼动大悲之心，赦我愆失。
知道你们的罪过有一天会被豁免，
就请宽恕吧，让我走了吧今天。

Now my charms are all o'erthrown,

And what strength I have's mine own,

Which is most faint. Now, 'tis true,

I must be here confin'd by you

Or sent to Naples, Let me not,

Since I have my dukedom got

And pardon'd the deceiver, dwell

In this bare island by your spell,

But release me from my bands

With the help of your good hands!

Gentle breath of yours my sails

Must fill or else my project fails,

Which was to please. Now I want

Spirits to enforce, art to enchant,

And my ending is despair

Unless I be reliev'd by prayer

Which pierces so that it assaults

Mercy itself and frees all faults.

As you from crimes would pardon'd be,

Let your indulgence set me free.

一九八八·五

又 及

一

我写就十八封书简,心情如同完成了一首诗。

门外秋雨绵密,不断打在水缸里,屋内是无比寂静,火炉有烈焰摇舞。我抬头看正前方的书架,视而不见,但知道架上最高处是平摆的《王船山遗书》,遂联想到一些别的,例如时代、人格、学识、品味等等问题。有时候思索如乱麻,在时空隙缝间追逐,能够坐下慢慢将十八封书简一一阅过,虽然前后匝月,终于是一件不容易的事,也因此将几乎失落了的情绪拾回,端坐案前,似乎寻找到些许往日的关怀和意志,我很珍惜。

当初我怎么会下笔写这一系列书简？现在努力回忆，好像想不起一个特别的原因。总是不知道从什么时候开始的，我忽然发觉常被询及诗的这个和那个问题，关于形式，关于内容，关于手段，关于目的；我和一些很年轻的诗人通信，以温暖诚挚的态度互相问疑，响应。那是我生活中最喜悦的工作之一。每次当我看到牛皮信封里誊抄成帙的诗稿，来自一素昧生平的青年诗人，我心中震动之情是无法形容的，即刻将我带回自己往昔的羞涩的岁月。

我也是这么执着的。可是那一份执着偶然会在中年的忧患里解散，只有当他们袭我以诗的重击，我辄能追回那飘零的承诺，少年时代的向往，不免含着泪水和傲气，再不犹豫。

诗的重击仿佛霜天钟鸣，于凄寒的宇宙催响窍门，唤起神经，探索深邃和遥远，朝向一切可能和不可能。

二

然而书简只是一种体裁，不是这些文字的确切目的。体裁是表象，大致看得出来；内容并不隐晦，更毋庸多加说明。要之，我选择了一种传统文学所允许眷顾的形式，无非取其利于语气声调的经营，取其相对的自由，再加上个人一己的些许癖好，以它为手段，细述诗的发生、成长和定位。十八篇的写作前后四年余,文字风格难免有些参差的现象,排印前合帙重阅,已尽全力将它们统一起来,这次校读,又认真比对前后,相信已经做到一个有心人所能做到的地步。若是这其中还残留一点不统一,也是自然不可免的。四年中我应该有些改变。

感觉上,这些是所有我思索过的,所有关于一首诗自无到有的过程,以及其中一切连带的问题。除了创作,我和这些问题还保有一份学术的牵扯,或者说"距离",因此我才发展出这种文体和风貌。这种体貌对个人而言正可以导向思维与想象的平衡,让我站在特定的一点,放纵自己对现实世界和古典书籍的感受、体会、经验。

这十八篇文字属稿期间,都经发表,也获取了一些程度不同的响应,因此使我更自然能以书简的方式持续写作,而我心目中的确保有一些特定的形象,生动有力,和我进行了一场长期的心智交换,诗的激荡。文中我引用古人和今人诗句不少,都经注明来历;外国文学部分的翻译由我自己动手,并附原文。唯因行文语气限制,有几个地方所载资料未能标出作者名,例如《记忆》第三里引用的是曾淑美的句子,《生存环境》第四所引为林耀德的句子,现在特别交代如上。

三

在这样一个遥远宁静的上午,对雨校稿,为一本写作多年的书收笔,深深感到时间推移之力,是在天地的声色,在文字,更在一己身心里刻划了明显的痕迹。这些将于我未来的作品里突出,而现在我愿暂时避过,欣然得意,为一首诗之终于完成。

一九八八·十